Yūki & Hubert, Ridhwan
「伯爵は服従を強いる」

「目を開けて、淫らな自分の格好をしっかりと眺めていなさい」

「………はい、マイロード」

果たして卿の満足は俺をこれ以上ないほどに辱めることにあるのではないだろうか——そう邪推してしまうほどに彼の声は楽しげだった。

「男性同士の性交にどこが使われるか、知識くらいは持っているかい？」

俺が横たわるベッドに、タウンゼント卿が膝をのせてくる。

（本文P.88より）

伯爵は服従を強いる

愁堂れな

キャラ文庫

この作品はフィクションです。
実在の人物・団体・事件などにはいっさい関係ありません。

目次

口絵・本文イラスト／羽根田実

1

「咥《くわ》えなさい」

　穏やかな声が頭の上から降ってくる。綺麗な発音のクイーンズイングリッシュ。穏やかではあるが彼の声には、人を傅《かしず》かせる立場に生まれた人間特有の傲慢《ごうまん》さが滲《にじ》んでいる。

　否——傲慢などと言う意識は多分、彼には備わっていないものだろう。人から蔑《さげす》まれる立場にいた俺の卑屈さが、彼を傲慢に感じる、それだけの話だ。

　だがその卑屈さのおかげで俺は、並々ならぬ上昇志向を手に入れた。たいていの人間が今の俺には、蔑むどころか成功者として賞賛の眼差しを向けてくる。

　年収一億。サラリーマンの生涯賃金といわれる額の三分の一を一年で稼ぎ出しているのは、俺の頭脳であり度胸である。人は俺を天才と呼び、我も我もと俺の助けを求めて集まってくる。

　その俺が——自ら傲慢であることを許される立場となったこの俺が、今、屈辱に震えながら跪《ひざまず》き、目の前に示されたものへと手を伸ばそうとしている。

『咥えろ』と言われているのは、男性の生殖器だ。こんなにも近くで人のそれを見たことなどあるはずもない俺にとって、グロテスクでしかないそれを彼は口に含めと言う。

「どうした？　ユウキ。僕の声が聞こえないのかな」

笑いを含んだ声が頭の上で響いたと同時に彼の手が俺の目の前に示されたそれを摑《つか》み、口元へと近づけてくる。

「大きく口を開いて咽《のど》の奥まで収めなさい。そのあと舌と唇で愛撫《あいぶ》するんだ。歯は立てないように気をつけて」

さあ、と先端を俺の唇へと押し当ててきながら、彼が俺に呼びかける。

「ユウキ、返事は？」

「かしこまりました。マイロード」

隷属を誓った瞬間から、彼は俺に自分をその名で呼ぶよう命じた。

『マイロード』――尊敬する私の主《あるじ》。高貴な血の継承者である彼にふさわしい呼称。

高貴な血などくそくらえだ、と思いながら俺は彼の雄をゆっくりと口へと含んでゆく。青臭い味が広がり、吐き気が込み上げてきたが、口から出すことは言うまでもなく許されていない。

「それでいい。ユウキ」

満足げな声が響いたと同時に、髪に彼の指先を感じた。柔らかい仕草で髪をかき回す繊細な指――犬か何かを撫《な》でているような動作に、俺の胸の中で屈辱感が増す。

なぜこんなことになってしまったのか――選択したのは間違いなく俺だった。拒絶する権利は与えられていたが、自らそれを手放した俺には、この先もこんな屈辱的な仕打ちだけが待っている。

「次は舌を使ってごらん。先端から根元まで。丁寧に舐《な》めるんだ」

歌うような口調でそう告げられたとき、自分の言葉に昂揚《こうよう》してきたのか俺の口の中で彼の雄が一段とかさを増し、息が苦しくなった。思わず吐き出しそうになった気配を察したのか、

「おっと」

俺の頭にあった彼の指がぎゅっと俺の髪を握り締め、身体を引こうとするのを押さえる。

「……っ」

引きつるような痛みに反射的に顔を上げた俺の目に、天井の灯りを受けてきらさらと美しく煌《きらめ》く、金色の髪が飛び込んできた。

肩のあたりまであるブロンド。蜜《みつ》でも塗っていそうな輝きを誇る金色の髪が縁取るその顔もまた、うっすらとかいた汗のせいで神々しいほどの輝きを放っている。

美しいという形容詞がこれほどまでに似合う顔はない、整ったという言葉では足りないほどの端整な顔。澄んだ湖面を思わせる青い瞳がじっと俺を見下ろしている。

「さあ、しゃぶって」

薄桃色の形のいい唇から放たれた言葉が要求する行為は下品なものであるのに、神々しいその美貌に卑《いや》しさが表れることはない。

絶対的な美を誇る彼はまた、絶対的な血筋の持ち主でもある。

ヒューバート・タウンゼント卿《きょう》――伯爵の称号を持つ彼の指がまた、俺の髪をぎゅっと摑む。

「僕を悦《よろこ》ばせてごらん」

微笑《ほほえ》みに細められるブルーの瞳が美しければ美しいだけ、俺の胸の内の屈辱感が増してゆく。それでも俺には彼の言うよう、彼を『悦ばせる』以外に道はないのだ、と腹を括《くく》り、ゆっくりと舌を這《は》わせ始めた。

裏筋を舐め上げるようにして先端へと向かい、既に先走りの液が滲んでいる鈴口を舌先で割るようにして舐める。口の中に広がる苦い味が俺の眉間に縦皺《たてじわ》を刻ませ、胸には吐き気が込み上げてきたが、続けるしかないことは誰より自分がわかっていた。

「ん……」

微《かす》かに声を漏らした美貌の伯爵の指がまた、俺の髪をゆっくりとかき回し始める。ご褒美でもくれているつもりかと惨めさに打ちひしがれそうになる俺の脳裏に、彼の――タウンゼント卿の言葉が蘇《よみがえ》る。

『君が僕を満足させることができれば、君の願いを聞き入れよう』

満足させなければ——それだけを考え必死に吐き気を飲み下し、同性の雄をしゃぶり続ける俺の脳裏には、こんな状況へと導いた昨夜の出来事が浮かんでいた。

日本国憲法でもうたわれているとおり、日本においては皆が法の下に平等であり、身分制度というものは存在しない。士族や華族という言葉が聞かれなくなって久しい——というよりは、既に日本史の中でしか存在し得ない言葉であるが、まだ『もと華族』または『旧財閥』という肩書きや単語がまかり通る世界がある。

セレブなどという今時の言葉では言い表せない、『上流階級』『上流社会』は未だにこの日本にも根強く残っており、選民意識と優越感に凝り固まった連中もまた存在し続けている。

庶民には縁がなさ過ぎる上に、庶民が彼らの存在を知る手立てとなるマスメディアを徹底的に排斥しているゆえ、生まれたときよりその世界に属する者しか存在を知り得ないのであるが、今日俺はまさにその、『上流階級』主催のイベントに出席しようとしていた。

　俺の知人に、旧財閥藤菱《ふじびし》家の本家の血筋だという男がいる。小学校から高校まで机を並べていたもと級友で、俺が外の大学に出たあとにはずっと付き合いが途絶えていたのだが、最近仕事での関わりから交流が再開した、藤菱誠一《せいいち》という男だ。

　誠一は今、藤菱グループの中心企業である総合商社に勤務しているが、昨年から子会社に出向している。二十九歳という若さで経営を任されている彼が社の資産を運用しようと、俺の勤める投資顧問会社に依頼をしてきたのだった。

「やあ、君は確か、高校まで一緒だった成瀬《なるせ》君じゃなかったか」

　懐かしいね、と握手を求めてきた彼の手を握り返しはしたものの、俺の胸には『懐かしい』などという温かな感情は少しも湧《わ》き起こってこなかった。

　俺の、そして彼の通っていた学校は、いわゆるいい家のご子息が通うところであり、家柄も財力も最高峰といわれていた誠一の周囲に集まるお取り巻きたちに俺は、貧しさを理由によく苛《いじ》められたものだった。

　苛めた側に立つ人間は、相手を苛めたことなどすぐに忘れてしまうものだが、苛められた側の人間はそうはいかない。とはいえ昔日の恨みを仕事で晴らそうと思うほどには、俺は馬鹿ではなかった。

俺の運用プランは誠一の社に多大な利益を齎《もたら》し、結果を数字として出せば出すほど誠一は俺に親密さをアピールするようになっていった。

「子供の頃から君は他の生徒とは一線を画していた。さすがに外の大学を受験するだけのことはある、と皆で感心していたんだ」

にこやかにそう言い、握手を求めてくる彼の言葉は、実のところ少しも真実を語っていない。

確かに僕は当時彼とは『一線を画した』存在ではあったが、その線は明らかに誠一側から引かれたものだった。

外の大学に出ることが決まったとき、「せいせいする」と聞こえよがしに言う声は聞こえたが、感心していた者は誠一のお取り巻き連中の中には一人もいなかったように思う。

「金がないから国立にいくしかないのだろう」

そんな悪口を言う者までいたが、その事実を誠一はまるで覚えていないか、または覚えていないかのように振る舞っていた。

俺としてもそんな昔の話を蒸し返す気はなかった。金銭面で言うと俺は彼の年収の軽く五倍は稼いでいた。

東大卒業後、数年銀行に勤めている間にファンドマネージャーの資格をとり、ヘッドハンティングにあって外資系の投資顧問会社に転職した。顧客の——主に企業であったが——資産の運用を一任される、その仕事の契約は一年更新だったが、完全な能力給で、自分が上げた利益の規定のパーセントが給与として振り込まれる。みるみるうちに俺の年収は数千万から億に手が届くようになっていった。

業界で俺の名はかなり広く知れ渡っており、是非俺にという指名も多かった。今、手持ちの会社は十社ほどあるが、すべてにおいて成果を上げている。今年の年収は多分、一億以上になる見込みである。

住居もかつての銀行の社員寮とはまるで違う、赤坂《あかさか》の一等地に建った超高級マンションの最上階に二百万近い家賃の部屋を借りている。着るものは全《すべ》てオーダーメイド、身につけるものはヨーロッパブランドの高級品だ。

我ながら成金趣味だと思わなくもないが、潤沢すぎる金の使い道を他に思いつかないのだから仕方がない。

見た目だけでいえば俺は今や、誠一と同じステージにいた。誠一は俺を旧知の友のように扱い、プライベートでも誘われることが多くなった。『上流階級』と言われる世界に属する彼の友人にも紹介してもらった。が、その彼も今日、ここ、藤菱会館で行われる特別なオークションに出席したいという俺の申し出には、最初渋い顔をしたのだった。

「オークションのことをどうして知ったんだい？」

藤菱会館というのは、旧財閥藤菱家の栄華の象徴と言われる建物で、かつては本家の住居であったという。今は結婚式の披露宴をはじめとする催し物に使われることの多い、昔ながらの豪奢《ごうしゃ》な建造物である。

その藤菱会館でふた月に一度、選《え》りすぐりの会員のみの間で美術品のオークションが開催されるのだが、会員がすべて超がつくほどのＶＩＰなだけに存在自体が世にはまったく知られていないという、極秘のオークションなのだった。

会員になるには会員の紹介が必要であり、なおかつ会員全員の同意が必要となる。金銭面は勿論《もちろん》のこと、バックグラウンドもしっかりしている人物でないととてもメンバーに加わることはできないという、文字どおり選ばれし者のみが参加を許される、未だに階級意識が根強く残る会合だった。

会員は日本人だけではなく、欧州の王族の縁戚《えんせき》や、アラブの王子、それにアメリカの億万長者などが名を連ねているらしい。出品される美術品は彼ら会員のお眼鏡に適うような超レアにして超高価な美術品で、世間では少しも取り沙汰《ざた》されないうちに十億以上で絵が競り落とされることもしばしばであるという。

「画商をしている知人に聞いた。出品物の中に是非とも欲しい絵があるんだ。なんとか出席させてもらえないだろうか」

「他でもない君の頼みだから、聞き入れたいのはやまやまなんだが、こればっかりは……」

誠一は渋りに渋ったが、最後は俺のゴリ押しに負けた。

「僕の友人ということで今回は招待するが、一度限りだ。二度目はないよ」

「わかっている。感謝するよ」

『わかっている』と言ったにもかかわらず、誠一はしつこいくらいに『一度限りだ』を繰り返した上で、当日の参加要項を説明し始めた。

「服装は式服限定だ。タキシードが望ましい。今までオークションに参加したことは?」

「ない」

「それなら入札方法もわからないだろう。欲しい商品があったら規定時間内に札を上げる。落札したら速やかに支払いを済ませる」

「キャッシュオンリーか」

「ああ、当家のオークションはね」

さも当然のように頷《うなず》いた誠一は、一とおり説明が終わると、俺が何を欲しているのかをしつこく聞き出そうとした。

「絵だ。マーロンの絵」

「ああ、晩年を日本で過ごしたというあの、フランスの画家か」

なんだ、と彼が拍子抜けした顔になったのは、マーロンという画家の絵がそれほど高額ではないからと思われた。

「そういえば一点、出ていたな。日本の風景を描いたという小品が。なんだ、てっきりモネかルノアールだと思っていたが」

「億をポンと出せるほど金銭的余裕はないからな」

肩を竦《すく》めた俺に、「そりゃそうだろう」と誠一は実に素直に頷いてみせた。

「まあ、マーロンのあの絵なら五、六百万が相場だろう。万が一争ったとしても一千万は皆、出さないのではないかな」

「そうか」

自分でも一応調べた相場とほぼ同じ金額を言われ、その程度なら、とほっと胸を撫で下ろしていた俺に、誠一は興味深そうな目を向けてきた。

「しかし君が絵画に興味を持つとは初耳だった。マーロンの作品を集めているのかい？」

「いや、特には…」

俺が必要なのは、今度オークションに出展される『あの絵』だけだ。そこまで打ち明ける必要もないと、適当に話を切り上げようとすると、誠一は「ああ」と納得したように笑った。

「投資かい？　しかしマーロンの絵は今後もそう値はつかないと思うよ」

ブームが去ったからね、と親切ごかしに教えてくれた彼は、俺が芸術的興味を持つとは少しも思っていなかったらしい。

確かに俺は芸術など少しも理解できない上に興味もなかったが、そう決め付けられるのは不愉快だった。

彼の態度がさも、芸術に興味を抱くのは、自分たちのように余裕のある人生を歩んできた者だけだ、と言いたげであったからなのだが、もしかすると誠一はそこまで考えていたわけではなく、単に俺が彼に対し——旧財閥の跡取り息子だという彼の立場に対し、卑屈になっているだけかもしれない。

ともあれ俺は誠一に礼を言い、オークションの日時を聞き出し、十分前に藤菱会館のロビーで待ち合わせることにした。まだ日があったのでタキシードをイタリアブランドの高級店であつらえ、頭髪や爪の手入れも忘れず行い、オークション当日に備えた。

いよいよオークション開催の日、俺は現金三千万を用意し、会場となる藤菱会館に向かった。

一千万もあれば楽勝だろうとは言われていたが、念には念を入れたのである。

オークションの開始は午後六時から、そのあと午後八時から恒例となっているパーティが大ホールで開かれることになっていた。張り切りすぎたというわけではないが、約束の時間よりも三十分も早く会館のロビーに到着してしまった俺は、こんなことならモバイルを持ってくるべきだった、と悔やみつつ、手持ち無沙汰《ぶさた》からオークションの出品物のリストに目を通していた。

秘密裏に、しかも財力とステイタスを持つごく一握りの者たちのために開催されるオークションらしく、出品物は皆、マニア垂涎《すいぜん》の品ばかりだった。特に絵画は、このような著名な絵の売買が行われることが公になれば、マスコミがこぞって騒ぎ立てるのではないかと思われるような画家の作品ばかりである。

オークションはキャッシュオンリーとのことだったが、十億を超えるような金額を皆持ち寄っているのだろうかと思いながら、俺はごくごく無意識のうちにポケットから煙草《たばこ》を取り出し、火をつけていた。

と、そのとき――。

「失敬。君、煙草は慎みたまえよ」

流れるようなクイーンズイングリッシュが響き、驚いて俺は顔を上げ、声の主を見やった。

「……あ…」

最初に目に飛び込んできたのは、眩《まぶ》しいほどに煌く金色の髪だった。続いて理知的な青い瞳が、すっと通った鼻筋が、薄紅色の形のいい唇が作り出す、端整な男の顔に俺は一瞬見惚《みと》れてしまっていた。

世に整った顔の男女は数多くいるが——言うのも口はばったいが、俺も人から『美女が裸足《はだし》で逃げ出すほどの美貌』などという、賞賛の言葉をもらうことがある——ここまでの美しい顔に、今までの人生の中、俺は会ったことがなかった。

完璧《かんぺき》という言葉で評されるに相応《ふさわ》しい、一つとして非の打ち所のない美貌だった。身長は百八十五以上あり、腰の位置がこれでもかというほどに高く、長い足を誇っている。

着用しているタキシードがまた彼の美貌にはよく映え、ハリウッドスターの中にもここまで式服の似合う男はいないだろうと、一人感心してしまっていた俺は、再びその美貌の男に話しかけられ、はっと我に返った。

「英語が通じないのかい？　煙草は遠慮すべきだと言ったんだが」

「ああ、失礼」

彼の顔にじっと見惚れてしまっていたことへの気まずさもあり、俺は慌てて煙草を目の前の灰皿でもみ消したのだったが、待てよ、という思いが芽生え顔を上げた。

「なんだい？」

訝《いぶか》しげな顔をした俺を見て、美貌の男が俺に問いかけてくる。

「灰皿があるということは、ここは禁煙ではないのでは？」

常日頃から俺は、嫌煙権があるように、喫煙する権利も保障されるべきだと思っていた。俺の勤め先でも喫煙は公共の場では許されておらず、ワンフロアに一箇所設置された狭苦しい喫煙スペースのみでしか煙草を吸うことはできない。

ルールであるから遵守はするが、その代わり喫煙が許されている場所では堂々と吸わせてもらう――というほどの愛煙家でもないのだが、要は自身の権利が侵されることが俺には何より我慢できないのだった。

「確かに。禁煙エリアではないが、君はあのご夫人が煙たそうにしてらっしゃるのが目に入らないのか」

俺の問いに、金髪の紳士は非難めいた口調で答え、目で向かいのソファに座る老婦人を示してみせた。つられて目をやると銀髪の品のいい老婆がハンカチで口元を押さえている。

「……」

煙いのなら席を移ればいいじゃないか、と咽元まで出掛かったが、ざっと周囲を見渡した限り空席はなかった。老人と子供を持ち出されては負けだ、と俺は老婆と、そして金髪の紳士に

向かい、

「これは失礼しました」

嫌味なほどの丁寧な仕草で頭を下げ、席を立とうとした。早い話、面白くなかったのだ。

「こちらこそ失礼した。君もオークションに出るのかい？」

俺が立ち上がるより前に、紳士が問いかけてくる。

「ええ」

「初めて見る顔だね。どなたかのお連れかな？」

詮索《せんさく》好きな男だと俺は一瞬眉を顰《ひそ》めたが、オークション参加には会員全員の同意がいるというルールを思い出した。多分この金髪の紳士は会員で、自分が許可した覚えのない俺がこの場にいることを訝っているのだろう。

「ええ、主催者側の人間の古くからの友人で」

藤菱にはよくよく、行動には気をつけろと釘《くぎ》を刺されていた。このオークションの主催は誠一の父にあたる現在の藤菱本家の主、藤菱遼太郎《りょうたろう》であるのだが、誠一は父親に俺を連れていくことを内緒にしているらしかった。

『本当に気をつけてくれよ？　会場にいるのは世界中から集まったセレブばかりだ。彼らに失礼でもあったら僕の父は首を括りかねない』

耳にたこができるほどに繰り返された言いつけに背くわけにはいかない。俺は丁重な態度でそう答えると、「それでは」と立ち上がりその場を去ろうとした。

「待ちたまえ」

オークションに参加させてくれた藤菱に対する気遣いもあったが、何より問題を起こすことで参加ができなくなることを恐れ、態度には気をつけていた俺も、金髪の紳士の命令口調にはさすがにカチンときてしまい、彼を睨《にら》んだ。

「君、名前は」

見惚れるような笑みを浮かべて問いかけてきた彼を無視し、俺はその場を立ち去りロビーの入り口へと向かった。名乗りもせず、人に名を問うてくる男の失敬さが腹に据えかねたのである。

誠一の相手をしているときにも時折感じるのだが、もともと恵まれた環境にいる人間は自分の態度がいかに不遜《ふそん》であるかに気づかない場合が多い。本人にはその自覚がないため改まることもこの先ないし、また実際不遜であることが許される立場にいるがゆえに、改める必要もないのだろう。

だから俺は、セレブだのもと華族だの、そういった連中が好きではないのだ、と心の中で舌打ちしつつ、エントランスを出ようとしたとき、ちょうどドアが開き誠一が中へと入ってきた。

「やあ、成瀬。早いな。約束までまだ五分ほどある」

「やあ」

にこやかに微笑み手を上げてきた彼に、俺も笑顔を返す。

「外に何か用か？」

「いや、煙草を吸おうかと思って」

「やめておけよ。喫煙は百害あって一利なしだ。中でコーヒーでも飲もう」

こうして自分の考えを押し付けるところが不遜なのだ、と思いはしたが、今日連れてきてもらった恩義もある。

「わかった」

俺は大人しく誠一の後に従い、再びロビーへと引き返した。

「混んでいるな。喫茶室に行こう」

ロビーを覗《のぞ》いた彼はそう言い、中二階にある喫茶室へと俺を誘った。

喫茶室は階段の張り出したところにあり、ロビー全体を見渡せるようになっていた。

「改めてこう、見下ろすと壮観だな」

コーヒーを啜《すす》りながら誠一がロビーの客を見下ろし、微笑んでみせる。

「そうだな。すごい人いきれだ」

あと十分ほどで開場となるため、続々と着飾った男女が到着し、ロビーは今や人に溢《あふ》れていた。これだけの人数が集まることが『壮観』なのだろうと思い相槌《あいづち》を打つと、

「意味がわかっていないようだな」

くす、と誠一は笑って肩を竦めてみせ、俺の眉を顰めさせた。

「わかってない？」

「ああ、僕が『壮観だ』と言ったのはメンバーについてだよ。人数じゃない」

いやだな、と笑いながら誠一が、ロビーの人間を一人ずつこっそりと指差し説明し始める。

「ほら、彼が住吉《すみよし》家の現当主。お嬢さんが宮家に嫁いだと話題になっただろう？　そしてあのご夫人、九州は島本《しまもと》家の奥様だ」

「へえ…」

先ほど俺の煙草に顔を顰めていた老婦人だ、と思いつつ頷いた俺に誠一はその傍《そば》に座る男を——例の金髪の紳士を指差した。

「そして彼が、オークションの名物。イギリスの貴族、タウンゼント卿だ」

「貴族……」

英国ではまだ『貴族』という身分制度が残っているという知識はあった。

「ヒューバート・タウンゼント伯爵だよ。ロンドンの郊外に城をお持ちの、かなりの資産家だ」

だが実際『伯爵』などと言われても、前時代の遺物のような印象を抱いてしまう。

「伯爵ねえ」

思わず呟《つぶや》いてしまった俺の口調にそれが表れてしまったようで、誠一は心なしかむっとした顔になると、

「まあ、君にはこの先一生縁のない人物だとは思うがね」

肩をそびやかすようにしてそう言い、コーヒーを啜った。

「彼が名物というのはどういう意味なんだい？」

しまった、臍《へそ》を曲げられてしまった、と俺は慌てて誠一のご機嫌取りに走った。誠一は自分が認めているもの、賞賛するものを貶《おとし》められるのを酷《ひど》く嫌う。仕事上でも彼が自信をもって出してきた穴だらけのプランを、機嫌を損ねないよういかに修正していくかは至難の業ではあるのだが、それはともかく、機嫌を損ねた上に帰れなどと言われたら大変だと、愛想笑いを浮かべつつ尋ねると、

「言っただろう？　彼はかなりの資産家だって」

誠一はそれほど不機嫌になったわけでもなかったのか、すぐに俺の質問に答えてくれた。

「人の話をきかない男だな、君は」

「悪かった。こんなきらびやかな席に参加できることで、かなり舞い上がってしまっているようだ」

我ながら卑屈だと思いながら、『それも君のおかげだ』というニュアンスを込めたおべんちゃらを言うと、誠一の機嫌は完全にもとに戻ったようだ。

「確かに、君にはまったく馴染みのない世界だろうからね」

俺の謙遜《けんそん》を謙遜と受け止めず――しかもなんの悪意もなしに、だ――誠一は笑い、「いいかい？」と説明をし始めた。

「タウンゼント卿はこれ、と狙《ねら》ったものは必ずといっていいほど落札するんだ。いくら高額になろうとも決して諦めようとしない。その額がまた半端じゃなくてね。一億、と競争相手が入札してきたらすかさず『二億』と応札する。思い切りのよさは見ていても気持ちがいいほどだよ」

「……それはすごいな」

いきなり倍の値を呈示されたら、大抵の競争相手は引くだろう。城持ち、そしてかなりの資産家だということだったが、どのくらいの財産家なのだろうと俺は改めてあの、輝く金髪を見やってしまったのだが、そのとき俺の視線を感じたのか彼が――タウンゼント卿がふと顔を上げ、彼と俺の視線がぶつかった。

「……」

先ほど俺が呼びかけを無視して立ち去ったことなど、少しも気にした素振りを見せず、にっこりと微笑みかけてきた彼に、会釈でも返すべきかと迷っているうちに、

「そして彼、ほら、今、エントランスから入ってきたあのアラブ服の男」

誠一の声の示すほうを見やった俺は、目に飛び込んできた二人連れの男の風体の異様さに驚き、一瞬にしてタウンゼント卿のことを忘れてしまった。

アラブ服――確かに裾を引きずるようなアラブ服の男二人が今、ロビーを我がもの顔で闊歩《かっぽ》していた。二人とも頭からスカーフのようなものを被《かぶ》っている。先に立って歩いている長身のアラブ人の服の色は黒、後に続く男もまた長身ではあるが、前の男よりは頭一つ背が低い彼が身につけているのは白のアラブ服で、彼らが通ろうとすると人垣がざっと割れ、あたかもモーゼの十戒のような状態で二人は奥の扉の中へと吸い込まれていった。

「ああ、もう開場したのか。我々も行こう」

呆然《ぼうぜん》とその姿を見守っていた俺に、誠一はそう声をかけるとコーヒーカップを下ろし立ち上がった。

「今のは？」

「アラブの小国の王族だよ。リドワーン王子。先ほどのタウンゼント卿と並ぶ、当オークションの名物だ」

「イギリス貴族にアラブの王族か……」

誠一の言うとおりまさに『世界のセレブ』というわけか、と感嘆の声を上げた俺を誠一が「さあ」と急《せ》かしてくる。

「あのリドワーン王子もまた、値を吊り上げることでは定評があってね。彼が先日落札した青磁の壺は、三億五千万の値がついたよ」

「三億？」

思わず大きな声を上げてしまった俺を振り返ると、

「驚く気持ちはわかるが、会場内では静かにしていてくれよ。くれぐれも問題は起こさないように」

余程誠一は俺を信用していないのかまたもそう念を押し、オークション会場となる大ホールへと向かうべく階段を降り始めた。

俺の目的はただ一つ、あの『マーロンの絵』を落札することのみなのだ。問題など起こしようがないではないか、と俺は内心肩を竦めながら彼のあとに続きオークション会場の扉をぬけた。

まさかこの先、誠一の言うように俺などには『縁のない世界』の住人であるはずのイギリス貴族やアラブの王族と、思いもかけない関係が生じることなど予測できるわけもなく、俺は誠一の隣の席につきそろそろ始まるという合図のベルの音に緊張感を高まらせていた。

2

オークションは予定どおり午後六時にスタートした。大ホールに作られたステージの上、出品リストの順番どおりに商品が運び込まれ、客たちの前で披露されたあとに競りとなる。

会話は全て英語で交わされるのだが、金額は円建てで行われるとのことで、オークションの参加者は各国の紙幣を円に両替し持ち込んでいるとのことだった。

俺が欲しい絵は二十三番目、後ろから三つ目だった。それまではゆっくり見物させてもらおうと余裕をかましていられるはずだったが、初《しょ》っ端《ぱな》からいきなり俺の度肝を抜く展開が待っていた。

「モネの風景画、一九〇三年に描かれた睡蓮《すいれん》の連作のひとつです」

リストの一番目、最初に登場したのが、絵画にはとんと興味のない俺でさえ名を知っているほどの著名な画家のものだった。

「当家のオークションでは、最初と最後に大物を用意するんだ」

おお、と会場に感嘆の声が上がる中、隣に座る誠一が俺にこそっと耳打ちしてきた。

「それでは開始価格、五千万からお願いします」

オークショニストの声が響いたのに、『五千万？』と大声を上げずに済ませることができたのは、誠一のこの耳打ちのおかげだった。いきなり五千万か、と驚いている間もなく、次々と札が上がるとともに値が上がってゆく。

「八千万」

「一億」

「一億五千万」

「二億」

あれよあれよと言う間に二億の値段がついてゆくのを、唖然《あぜん》として見守っていた俺の前で、

「二億、他にございませんか」

一段と高いオークショニストの声が響いたあと、会場内に静寂が訪れた。

「商品番号一番、モネの風景画。二億円でタウンゼント卿が落札」

「……へえ」

落札したのはあの金髪の貴族か、と感心していた俺の周囲で、パチパチという拍手の音が上がる。

「結果が出たあとは拍手をするものだ」

誠一に囁《ささや》かれ、俺も手を叩《たた》きながら、前方でタウンゼント卿が右手を上げ、皆の拍手に応える様を見やっていた。

何のためらいもなく、ぽん、と二億もの金を出せるとは、一体どれだけの資産家なのだ、と感心していた俺だが、驚くにはまだ早すぎたようだ。その後のオークションでも彼は次々と三千万、五千万と応札し、合計額はあっという間に三億を超していった。

「驚いているな。だがこれがオークションの『名物』と言われる所以《ゆえん》さ」

ぽかんと口をあけてしまっていた俺に、誠一がくすくす笑いながら囁いてくる。

「三億もの金を持参しているのか？」

確かキャッシュオンリーだという話だったが、と小声で誠一に問いかけると、

「億を超える取引では小切手の使用が認められてるのさ」

当たり前だろう、と誠一は答えたあと「まあ人によるけれどね」と言葉を足した。

「人による？」

「そう、タウンゼント卿は常連な上に金の使いっぷりがいいから、一億以下でも小切手での支払いが許可されている。海外から高額の外貨を持ち込むと税金がかかるしね」

「なるほど」

確かに、と頷いた俺の前ではまた、高額の競りが始まっていた。

モノは北斎《ほくさい》の掛け軸だったのだが、あっという間に数千万から一億を超えようとしている。

「一億五千万」

凛《りん》とした声が響き、会場内に「おお」というざわめきが溢れたのに、一体誰がその値をつけたのだろうと声の主を捜し伸び上がると、

「彼もまた、小切手での参加が許されている一人だよ」

誠一がこそりと囁き、声の主を示してみせた。

「アラブの王族か」

札を上げているのは、白いアラブ服を身につけている方のアラブ人だった。横では黒いアラブ服の男がどこか退屈そうな顔で周囲を見渡している。

「俺はてっきり黒い服のほうが王子かと思っていたが」

「そのとおりだ。彼はリドワーン王子のおつきでカスィームという。なかなか美青年だろう？　王子もまた美丈夫で有名ではあるんだが」

「確かに」

二人とも相当に顔立ちが整っている、と頷いたとき、周囲を見渡していた王子と目が合ってしまった。じろじろと見つめすぎたか、と慌てて目を逸《そ》らしたが、視線を感じまた王子を見る

と、じっと俺を見つめたままである。

「藤菱」

穴の開くほど、という比喩《ひゆ》がぴったり当てはまるほどにじっと視線を注がれ、戸惑った俺は、ついい、誠一に助けを求めてしまった。

「ん?」

藤菱の袖を引くと、彼はすぐに俺が言いたいことを察したらしい。

「ああ」

納得したように彼が頷いたのと、リドワーン王子が俺からふいと目を逸らしたのが同時だった。ほっと胸を撫で下ろした俺の耳元で、くすりと誠一が笑う。

「リドワーン王子はたいそうな親日家でね。日本の古美術の蒐集《しゅうしゅう》にも目がないのだが、それ以上に彼は、日本の美青年にも目がないのさ」

「……ゲイ?」

あの視線はそういうことか、と問いかけた俺に、

「いや、バイだ。綺麗な日本のご夫人も好きだよ」

誠一はあっさりそう答え、俺の耳元に口を近づけ更に小さな声で囁いてきた。

「非常な艶福家であることでも有名でね。以前も某家の令嬢が父親に連れられこのオークショ

ンを見物に来たんだが、リドワーン王子はその日のうちに彼女をものにしたらしい。しかもこの会場内で、誰にも知られぬうちにね」

「手が早い、ということか？」

とんだアラブの王子様だ、と呆《あき》れた声を出した俺を、

「シッ」

声が大きい、と誠一は睨《にら》んだあと、にやり、と相好を崩した。

「手も早ければ飽きるのも早い。彼女にはその一日で飽きたが、手切れ金だとその日落札した十五億の絵をプレゼントしたという噂さ」

「十五億……」

桁《けた》が大きすぎて、作り話にしか思えない、という俺に、

「噂ではあるが、確かに絵はその家のロビーに飾られているよ」

にや、と誠一は笑い、ちらとリドワーン王子を見やった。

「しかし、娘の純潔の代償の絵を飾るかね」

「『純潔』ではなかったということだろう。会ったその日、その場で身体を開くんだからな」

「なるほど」

そういうことか、と頷いていているうちに、オークションは進み、いよいよ俺が欲しい絵の順番

がやってきた。

「あれだろう?」

誠一が声をかけてきたのに「ああ」と答えながらも緊張感が漲《みなぎ》ってくる。

「まあ、大丈夫だと思う。今日は最後にゴッホが控えているから。そう値は上がらないだろう」

誠一が俺の肩を叩いたとほぼ同時に、オークショニストの声が響いた。

「エントリーナンバー二十三、マーロンの風景画、サイズは六号、一九〇〇年頃、彼が日本滞在中に描かれたと思われる小品です。三百万からお願いします」

すかさず札が複数上がる。

「五百万」

勝負に出ようと声を上げると、皆が一斉に俺を振り返った。

「積極的だな」

横では誠一が苦笑している。

「五百万、他にございませんか」

上がっていた札が次々と下げられるのに、よかった、と俺は安堵《あんど》の息を吐いた。

ちびちびと上げてゆくのではなく、いきなり二百万積んだことが勝因だろう。まあ、さきほどの、一億積んだ伯爵には敵《かな》わないが、と思う俺の頬が笑いに緩む。

だが安堵するには少し早すぎたようだった。

「一千万」

よく響くバリトンの美声が告げた値段に、俺の笑いは頬で貼《は》りついた。

誰だ――？　高々と上がる札の持ち主を確かめた俺は、「あ」と声を上げそうになる。なんといきなり倍の値をつけてきたのは、その金髪の伯爵、タウンゼント卿だったのである。

「一千二百万」

「一千五百万」

手持ちの金は三千万しかない。ここは刻んでいこうと思った俺の入札に、すかさずタウンゼント卿が応札する。

「一千八百万」

勘弁してくれ――マーロンの絵は人気が薄いのではなかったか、と思いながら俺がもう三百万積んだそのとき、

「二千万」

別の声が会場に響き、おお、と人々がざわめいた。

「………」

今度は誰だ、と声の主を捜し、俺はそれがあの白いアラブ服の男だと気づいてまた、「あ」と声を上げそうになった。

「に、二千五百万」

慌てて応札したそのとき、

「三千万」

バリトンの美声が俺の手持ちの金額を告げ、俺の望みを打ち砕いた。

「五千万」

「八千万」

「一億」

「一億五千万」

「二億」

呆然としていた俺の耳に、次々と応札する二人の声が響く。

「三億」

「さ、三億?」

いきなりまた一億上げてきたのは、タウンゼント卿だった。白いアラブ服の男が一瞬怯《ひる》んだ
そのとき、

「落札とさせていただきます」

オークショニストの声が響き渡り、会場に拍手が湧《わ》き起こった。

「待て！　私は五億出す！」

その拍手にかき消されないほどの大声が響き、会場内にざわめきが増す。

五億というとてつもない金額を呈示してきたのはなんと、黒い服を着たアラブの王子リドワーンだった。憮然とした顔で叫ぶ王子に、オークショニストが冷静な声で応対する。

「大変申し訳ありませんが、入札は打ち切らせていただいております」

「五億では駄目だというのなら十億出す。私はどうしてもその絵が欲しい」

三億でも充分驚いた俺は、十億という値に顎《あご》が外れるくらいに驚愕《きょうがく》してしまったのだが、オークショニストは譲らなかった。

「采配は私に任されております。マーロンの絵は三億でタウンゼント卿に落札されました」

「なにを！」

憮然《ぶぜん》とした王子の袖を、おつきのカスィームが引いて座らせようとする。

「お前が愚図愚図するからだ。馬鹿者」

腕を振り上げてカスィームの手を振り払ったものの、リドワーン王子はそれ以上のごり押しは諦めたようで、物凄く不機嫌な顔でどさりと椅子に身体を落とした。

「いい判断だ。どう考えても三億というのは適正価格ではないからね」

未だに呆然とその様子を見守っていた俺は、誠一の楽しげな声にはっと我に返った。

「オークションは相手があることだからね。今のように応札応札で思わぬほどに値が上がってしまうことがある。あまりに適正価格からかけ離れた場合、当オークションではああしてオークショニストが途中で止めることにしている。良心的であることを目指しているからね」

「……君は一千万がいいところだと言ったじゃないか……」

得々と説明する誠一に俺は思わず、非難の眼差しを向けてしまった。

「だからオークションは生き物だということだよ。あの二人は名物だと言ったろう？　自他共に認めるライバルなんだよ。二人に見込まれたことがアンラッキーだったと諦めるしかない」

「……」

肩を竦めてみせる誠一を前に、諦めるわけにはいかないのだという言葉が咽元まで込み上げてきたが、彼を責めたところでどうにもならないと思い直した。

「三億か。出品者も喜ぶだろう」

相場の十倍以上の値がついたからな、と笑う誠一の声を聞きながら俺は、なんとかあの絵を取り戻す方法はないかとそれだけをずっと考え続け、最後にゴッホの絵で大変な盛り上がりをみせたオークションが終了したことにも気づかぬほどだった。

オークション終了後、場所を大宴会場に移動してのパーティに誠一が俺を誘ってくれたのは、気落ちしている俺を慰めようとしてくれたかららしかった。当初はオークションに参加したら帰れと言われていたのだ。

「まあ、いい経験になっただろう？　またマーロンの絵が出たときには声をかけるよ」

一度限りとあれだけ念を押してきたにもかかわらず、彼なりに申し訳なく思ってくれていたのか、はたまたそこで紹介された彼の父がファンドマネージャーとしての俺の名をよく知っていて、「息子の社を頼む」と手を握ってきたのに安堵したせいか、誠一はそんな慰めを言い、俺の肩を叩いてきたが、俺が欲しいのはあの『マーロン』でマーロンの他の絵には興味などないのだった。

パーティ会場はよく披露宴が行われるという大宴会場だったが、形式は立食だった。

「藤菱会館の料理には定評がある。君も楽しんでくれ」

誠一は俺を料理のほうへと導こうとしたのだが、俺には他に彼に連れていってもらいたいところがあった。

「お願いがあるんだが」

「なに？」

シャンパンを手にしながら、誠一が俺に笑顔を向けてくる。

「タウンゼント卿を紹介してもらえないだろうか」

「え？」

誠一の顔から一瞬にして笑顔が消えた。

「一体どういう理由で？」

訝しげな――そして調子に乗るなとでも言いたげな目を向けてくる誠一に、俺は適当に作った理由を説明した。

「いや、オークションの前にロビーで声をかけられてね。緊張したあまり満足に受け答えもできなかったものだから、それを詫《わ》びたいと思って」

「なんだ、そんなことがあったのか？」

誠一の顔色が変わり、瞳と声音に非難の色がますます色濃くなった。

「言っただろう？　出席者に失礼のないようにしてほしいと。どうしてそれを早く言わないんだ」

「申し訳ない、言いそびれていた」

やはり俺の狙いは当たったようだ。単に「紹介してほしい」と言っても聞き入れてはもらえないだろうが、「非礼を詫びたい」と言えば、誠一は率先してタウンゼント卿のところに連れていってくれるだろうと俺は読んだのだ。

「来いよ。僕からも詫びを言う」

「申し訳ない。よろしく頼む」

まったくもう、とぶつぶつ言いながらも誠一は俺の前に立ち、パーティ会場のほぼ中央で老婦人と談笑しているタウンゼント卿に近づいていく。うまくいったと内心拳《こぶし》を握り締めながらも表情は殊勝さを忘れず、俺は彼のあとに続いた。

「タウンゼント卿、お話中失礼します」

会話が途切れるのを待ち、誠一がタウンゼント卿に声をかけた。

「ああ、ミスター藤菱。今日もなかなか盛会でしたね」

タウンゼント卿は老婦人に会釈をしたあと、誠一へと笑顔を向けてきた。

「お気に召した絵を落札されたご様子、私共としても嬉《うれ》しいです」

「そう言ってもらえると僕も嬉しい」

にこやかに会話を進めていた二人を俺は暫《しばら》くの間ぼうっと突っ立って眺めていたのだが、そんな俺に先に注目したのはタウンゼント卿だった。

「彼はあなたのご友人だったんですね」

目を細めるようにして俺に笑いかけてきながら、タウンゼント卿が誠一にそう言うのに、

「ええ、なんでもこの男があなたに失礼な真似《まね》をしたとのことで、それでお詫びにあがりました」

誠一が俺に向かい、前に出ろ、というように目で合図し、俺は彼の横に立ってタウンゼント卿と向かいあった。

「失礼な真似？　何かありましたか」

タウンゼント卿が、心底わからない、というように目を見開く。名乗らなかったことを忘れているのだろうかと思いながら俺は、誠一の手前もありタウンゼント卿に向かい深く頭を下げた。

「ロビーでは名乗りもせず、大変失礼しました。初めてのオークションにすっかり気持ちが舞い上がってしまいまして」

「本当にお恥ずかしい限りです」

誠一も隣で頭を下げようとするのを、タウンゼント卿の朗らかな声が制した。

「失礼な真似は僕が先だ。僕こそ名乗るより前に君に名を尋ねたりして、申し訳ないことをしたと、あとから随分反省したよ」

「……」

あの場のやりとりを忘れていたのかと思っていたが、すべて覚えていたのか、と意外さから顔を上げた俺に向かい、タウンゼント卿はにっこりと青い瞳を細めて微笑みかけてきた。

「改めて自己紹介しよう。ヒューバート・タウンゼント。親しい人からはヒューと呼ばれている」

「初めまして。成瀬悠貴《ゆうき》と申します」

握手を求められたので俺は彼の右手を握り返した。まるでピアニストのように繊細な指先が、意外なほど強い力で俺の手を握り締めてくる。

「ようやく君の名がわかった。ミスター成瀬。君は親しい人にはなんと呼ばれているのかな」

「特に愛称はないですが」

もともと俺には『親しい』と言えるような人間はいない。だが外国人に『ナルセ』という名は呼びにくいらしく、会社の上司は俺を名で呼んでいた。

「悠貴とお呼びいただければ」

「ユウキ、綺麗な響きだ」

「恐れ入ります」

世辞を言ってもらってしまった、と恐縮しながら頭を下げた俺の横では、

「お気に障られていなかったようで、ほっとしました」

誠一が言葉どおり、心底安堵した様子でそう言い、「それでは」とタウンゼント卿の前から俺を連れて立ち去ろうとした。

「あの…」

俺の本来の目的は非礼に対する謝罪などではない。これで失礼するわけにはいかないのだ、と口を開きかけたとき、

「ユウキ、君が欲しがっていた絵を落札してしまい、悪かったね」

なんとタウンゼント卿のほうから俺の『用件』に絡んだ話を振ってきてくれるという幸運が俺の身に舞い込んできた。

「何を仰います。オークションの世界では当たり前のことではありませんか」

俺が答えるより前に、誠一が大慌てで謝意を示してみせたタウンゼント卿に言葉を返す。

「その件なのですが」

それで会話が終わってしまうことを恐れ、俺は慌てて誠一の言葉にかぶせ、タウンゼント卿に話しかけた。

「なんだい?」

「おい、成瀬」

一体何を言い出す気かと、誠一が眉を顰めたが、今は彼になどかまってはいられないと、俺は考えていた言葉を一気にタウンゼント卿へとぶつけていった。

「無理を承知でお願いしたいのですが、あのマーロンの絵画、なんとか私に譲っていただくわけには参りませんでしょうか」

「なんだって？」

「成瀬、お前何を言い出すんだ」

タウンゼント卿が、続いて誠一が上げた驚きの声に、それぞれに談笑していた客たちの注目が一気に俺たちに集まった。

だが怯んでいる場合ではないのだ、と俺は周囲の視線を無視し、タウンゼント卿に詰め寄った。

「今この場に三億は用意しておりませんが、近日中に必ずお支払いいたします。お願いです。あのマーロン、是非ともお譲りいただきたいのです」

「成瀬、いい加減にしろ」

誠一が物凄い形相で俺の腕を摑み、その場を離れようとする。そんな彼の手を振り払おうとしたそのとき、

「ミスター藤菱、かまわないよ」

タウンゼント卿本人が誠一に声をかけてくれたおかげで、誠一の手は俺の腕を離れることとなった。

「本当に申し訳ありません。なんという無礼を」

誠一が平身低頭してタウンゼント卿に詫び始める。だがタウンゼント卿は彼には声をかけず、俺を真っ直ぐに見据えながら問いかけてきた。

「君、どうしてあのマーロンがそうまでして欲しいのか、その理由を説明してくれないか?」

「理由……」

確固たる理由は勿論ある。だがそれを公にできるかどうかは別の話だった。

「あの絵に特別の思い入れがあるのかい?」

「ええ、まあそんなところです」

何かうまい『理由』はないかと考えを巡らせていた俺の横では、一人置いていかれた感の誠一が不機嫌な呟きを漏らす。

「何が思い入れだ。絵に興味があるなんて素振り、今まで一度も見せなかったじゃないか」

「ミスター藤菱、今、なんと言ったんだい?」

誠一が口にしたのが日本語だったため、タウンゼント卿には理解できなかったらしい。誠一は一瞬、しまった、という顔になったが、タウンゼント卿の悪口を言っていたわけではないと示したいあまりか、馬鹿正直に自分の言葉を英訳して伝え始めた。

「いえ、成瀬が芸術に興味があることを、私はまるで知らなかったと……彼が興味があるのは金儲けだけだと思っていたもので」

そこまでは言っていなかっただろう、と俺は呆れて誠一を見やった。俺相手にそうは言わないものの、彼はずっと俺をそういう目で見てきたというわけなのだろう。

確かに昔、蔑んでいた男が自分の数倍もの年収を得ているというのは、面白くないことなのかもしれないとは思うから腹も立たないが、金のことをこの場で持ち出されたのは痛かった。

「君は金儲けが趣味なのかい？　どんな仕事についているのかな」

タウンゼント卿の問いに俺は正直に、投資顧問会社でファンドマネージャーをしていると答えた。

「投資か」

タウンゼント卿が感心したように頷く。

「もしやこの絵も、投資の一環と考えて、それで必要としていると？」

「その価値はないと私は再三言ったんですがね」

俺のかわりに答えたのは誠一だった。俺の見る目がないと貶めるはずが、『価値のない』絵に三億もの金を払ったタウンゼント卿をも貶めているということには気づいていないらしい。

「やはり投資なのか？」

タウンゼント卿があからさまに不機嫌な顔になる。

「……いえ……」

ノーと言うべきだろうと思い首を振った俺に、タウンゼント卿は畳み掛けるように問いを重ねてきた。

「投資ではないというのなら、君はマーロンのあの絵のどこに魅力を感じて三億払おうとしているのか、それを説明してもらえないか？　一体あの絵の何が君をそうも惹《ひ》きつけるのかな」

「それは……」

適当に答えようとは思うのだが、タウンゼント卿の青い瞳が真っ直ぐに見つめてくる、その厳しい眼差しの前に俺は、らしくもなく言葉を失っていた。

嘘偽りはすべて暴かれるのではないかと思わせる鋭い目だった。本来の目的まで見抜かれてしまったらどうしよう――冷静に考えればそんなことはありえないとわかったはずであるのに、自分の胸の内だけは覗かれまいとするあまり、投資だと思われているのなら投資でもいいか、と示された答えに安直に飛びついてしまっていた。

「失礼しました。やはり投資的観点から、どうしてもあの絵が欲しいと思いまして」

「そうか」

俺の答えにタウンゼント卿は一瞬、虚を衝かれたような顔になったあと、憮然として頷いた。

「お願いします。なんとかあの絵を譲っていただけませんでしょうか」

再び頭を下げた俺の頭上で、タウンゼント卿の冷たい声が響いた。

「金のためだというのなら尚更に、あの絵は君に譲れない」

「タウンゼント卿……」

「特別の思い入れでもあるというのなら話を聞く気にもなったが、君は投資に使うという。美や芸術の価値を金銭にしか換算できない人間に、どんな絵でも譲るつもりはないよ」

あまりにもきっぱりとそう言い捨てると、タウンゼント卿は「失敬」と誠一に会釈をし、その場を立ち去ろうとした。

「お待ちください、タウンゼント卿」

慌てて俺はあとを追おうとしたのだが、そんな俺の前に怒り心頭といった表情の誠一が立ち塞がり、行く手を阻んだ。

「お前、なんてことをしてくれたんだ」

「藤菱」

どいてくれ、と彼を押しのけようとした俺の手を逆に摑むと、誠一は俺を引きずるようにしてドアへと向かっていった。

「おい、放せ」

「何が『放せ』だ。ルール違反もはなはだしい。お前のような男を連れてきた自分が情けないよ」

憤懣《ふんまん》やるかたなしといった口調で誠一は俺を怒鳴りつけると、ボーイが開けたドアから俺を連れて出て、ロビーへと向かった。

「藤菱」

「気安く名を呼ぶな。お前がここまで常識がない男だとは思わなかった」

誠一の顔は怒りのあまり真っ赤になっていた。余程興奮しているのか、口角から泡を飛ばし俺を怒鳴りつけてくる。

「オークションで敗れた相手に交渉を持ちかけるなど、いかに常識はずれの振る舞いか、考えるまでもなくわかるだろう」

「悪かった。冷静さを欠いていたよ」

「知らん！　もう君とは縁を切る！　ファンドマネージャーの交代を要請するつもりだ」

誠一の怒りはまるで収まる気配を見せず、それどころか怒鳴っているうちに興奮してしまったようで、俺の言うことに耳を傾けることすら拒絶した。

「藤菱、悪かった」

「帰れ！　もうお前の顔など見たくない！　もともとここはお前のような人間が立ち入れる場所じゃないんだ！」

今すぐ出ていけ、と言い捨てると、誠一は踵《きびす》を返し一人会場へと戻っていった。

「………」

誠一は鷹揚に育ったお坊ちゃんにしては癇癪《かんしゃく》もちで、一度怒り出すと手がつけられなくなるのだった。暫くして落ち着くとまた、何事もなかったかのように接してくる。仕事上の付き合いも切るなどと言っていたが、多分一週間もすれば向こうから連絡を入れてくるだろう。それに正直な話、彼の社ごときから切られたところで、痛くも痒《かゆ》くもないのだ。

そういうわけで、今後の展開には少しの心配もしていなかったが、この場は去るしか道がなさそうだった。あの絵の入手方法はまた改めて考えよう。幸い在りかはわかっている。問題はいかにしてあのタウンゼント卿から譲り受けるかだが、今の時点でうまい考えは一つとして浮かばなかった。

三億は用意するといったものの、実際三億もの金は俺の手元にはなかった。金策も必要だが、相手がこのオークションごとに億単位の金を動かす金持ちとなると、金での解決は望めそうになかった。

まずはタウンゼント卿のことを調べ上げ、それから対策を考えよう――そう心を決め、俺はクロークに預けたコートを取りに行こうとしたのだったが、そのとき後ろから肩を叩かれ、驚いて振り返った。

「やあ」

いつの間に近づいてきたのか——俺が考え事をしているうちに背後に立ったのだろうか、声をかけてきた男の姿に俺の驚きは更に増し、返事が遅れてしまった。

「どうした」

にこやかに微笑みながら俺の顔を覗き込んできたのはあの、黒衣のアラブの王族、リドワーン王子だったのだ。

「失礼しました。あの、何か」

俺が言葉を失ってしまっていたのは、相手が思いもかけない人物だったからという理由と、また、近くでみる王子の顔が非常に整っていたからでもあった。

浅黒い肌をした王子は、目鼻立ちのくっきりとした美しい顔をしている。男の顔に『美しい』という形容詞をつけるのはどうかと思うが、先ほどのタウンゼント卿にしろ、このリドワーン王子にしろ、まさに『美貌』というに相応しい顔立ちをしていた。

また近くで見て初めてわかったのだが、王子の着ていた黒いアラブ服が実は、真っ黒などではなく金糸銀糸を織り込んだ実に凝りに凝った装飾の衣装であることもまた俺を驚かせていた。

この王子もまた、いきなり五億だの十億だのを使うほどの金持ちなのである。石油に潤うアラブの国の王子となると、金銭感覚は多分俺とは桁が三つ四つ違うのだろうが、その王子がなんの用だと俺は相変わらず俺の顔を見て微笑んでいる彼に問いかけた。

「私はリドワーン。お前の名前を教えてくれ」

まず自分から名乗るあたり、タウンゼント卿よりは礼儀を弁《わきま》えているとみえる。だが口調はあまりに居丈高で、その点はあの英国貴族に劣るな、などと必要のない比較をしつつ、俺は彼の問いに答えた。

「成瀬悠貴です」

「ミスター成瀬、率直に聞くが、お前はあのマーロンの絵が欲しいのだろう？」

「はい？」

言葉どおり彼の問いは率直すぎて、どう答えるべきかと俺は迷い、思わず問い返していた。

「お前があの絵を欲しいのなら、私がなんとしてでも手に入れてみせよう」

「いや、しかし……」

リドワーンは任せろとばかりに胸を張ってみせたが、彼も俺同様オークションの敗者である。ルール違反ではないのか、と眉を顰めた俺の心を読んだかのように、

「心配ない」

リドワーンはそれは晴れやかに笑ってみせ、俺の目は彼の唇の間から覗く白い歯に釘付けになった。

「私は今まで、欲しいと思ったものを手に入れることができなかった例《ためし》がない」

「……はあ……」

まさかそれが根拠か、と俺は内心呆れながらも、堂々とそう言い切る美丈夫の王子を見つめていた。

「私には財力があり、政治力がある。資産でいえば卿の数十倍――否、数百倍は保有している。必ずタウンゼント卿から絵を買い戻し、お前に捧げると約束しよう」

「ありがたいお話ですが、しかし……」

可能であるか否かは別として、なぜにこの王子は俺にこうも親切な申し出をしてきたのだ、という疑問が顔に出たのだろう。王子は一瞬酷く照れたような顔をしたあと、ずい、と一歩俺に近づき、耳元に唇を寄せ囁いてきた。

「お前が私の願いを叶えるのであれば」

「願い？」

見知らぬ人間に近く身を寄せられ、反射的に身体を引いてしまった俺の腕を、王子の手ががしっと摑む。

「……あの、『願い』というのは…」

摑まれた腕の力強い感触と、掌《てのひら》の思わぬ熱さから、俺はもしや、という疑いを抱いたのだが、どうやら『疑い』ではなく正解だったようだ。

「一目見たときから、この腕に抱き締めたかった。それが私の願いだ」

意味はわかるだろう、と微笑む王子の目には欲情の焔《ほむら》が立ち上っている。そういうことか、と俺は、先ほど誠一から聞いたばかりの彼の評判を思い出していた。

非常なる艶福家であるこの王子はかつて、どこぞの令嬢をこの藤菱会館でモノにしたことがあるらしい。今回、彼のターゲットは俺というわけか、と俺は、目の前で俺の返事を待っているリドワーンの、整いすぎるほどに整った顔を見返した。

「どうする？　私は無理強いを好まない」

納得したものの、一体どう答えるべきかと迷っていた俺に焦れたらしく、リドワーンがそう急かしてくる。

「…………」

もとより俺の嗜好《しこう》は至ってノーマルで、男と関係したことは一度もない。だが、同性からこの手の誘いを受けることはよくあった。

彼らは一様に俺の顔立ちを誉めそやし、一度でいいから抱かせてくれと跪いて懇願してきた。

その中には取引先の、名を出すのもはばかられるような著名な経営者もいたが、とても同性相手に身体を開く気になどなれず、押しなべて丁重に断りを入れさせていただいた。

今回、いくら相手が美貌の持ち主であろうと——その上想像を絶するほどの資産家である上に、王族の一人という高貴な血筋の人間であろうとも、抱かせろなどという要求は退けてしかるべきだと思っていたにもかかわらず、俺が拒絶を躊躇《ためら》ってしまったのはあの絵のことを考えたせいだった。

絵は今、タウンゼント卿の手元にある。なんとしてでもあの絵を手に入れたいが、英国貴族と今後いかに渡りをつけていくかを考えたとき、一つとしていい手立てを思いつくことはできなかった。

彼にアポイントメントをとりたくても、連絡先すらわからない。ロンドン郊外に城を持っていると誠一が言っていたから、多分イギリスに居住しているのだとは思うが、仕事を放ってヨーロッパくんだりまで出かけ、その上彼を説得するような時間的余裕は俺にはなかった。

だがこのリドワーン王子に頼めば——？　俺が自分でタウンゼント卿にぶつかるより余程、絵を譲ってもらえる可能性は高いのではないか、という考えに至ってしまったがゆえに、俺は答えを迷っていたのだった。

確かに可能性はより高いかもしれないが、確実に手に入るという保証はない。その上色好みのこの王子が確実に約束を守るとは限らない。

何より同性に身体を開くことになど、精神的にも肉体的にもとても耐えられるものではない。

やはりここは断るか、と俺が口を開きかけたとき、再びリドワーンが俺の耳元に口を近づけ、こそりとこう囁いてきた。

「もしも私に身を任せるというのなら、どんな手を使ってでもあの絵を手に入れてみせる。アラーの神に誓ってな」

抑えた、だが力強い声に、俺の気持ちはまた揺らいだ。

どうしよう——一度目をつぶれば、あの絵を入手できるかもしれない。確実ではないが、俺が独力でトライするよりも格段に可能性は高い。

駄目もとでこの王子に賭けてみるか、と俺は腕を摑んだままじっと俺の顔を覗き込んでいた王子に向かい、小さく頷いてみせた。

「了承と思っていいのだな」

途端に王子の顔がぱっと喜びに輝き、満面に笑みが広がってゆく。

「ええ」

我ながら馬鹿馬鹿しい選択をしたと思わないでもなかったが、たとえ望む結果が得られなくても、俺が失うものは殆《ほとん》どないということが選択の決め手となった。

俺はどこぞの令嬢ではない。彼に抱かれたところで傷物にはならない。組み敷かれるとき屈辱感を覚えるかもしれないが、今までの人生、屈辱に唇を嚙み締める日々を過ごしてきた俺にとっては、今更どんな辱めを受けようが克服できるに違いなかった。

件の令嬢は身を任せたあと、十五億もの絵を手に入れたという。それは王子にもそれなりの誠意があるという証明ではなかろうかと、俺は彼に賭けてみようと思ったのだった。

「それではこちらへ」

嬉しさを抑え切れないといった口調で王子は俺に囁くと、俺の手を引き、階段を上り始めた。勝手知ったる、とばかりに廊下を突っ切り、躊躇う素振りも見せずにドアを開く。

「この部屋は毎回、私のために用意されている控え室だ」

控え室、というには広い、十畳ほどの広さの部屋には、応接セットにダイニングテーブル、それに書き物机が置かれていた。王子は俺の手を取ったまま、ソファまで来ると、

「座ろう」

そう言って先に腰を下ろし、俺の腕を引いた。

「はい」

王子の隣に腰を下ろした俺の両頰に、彼の手が伸びてくる。

「お前は本当に美しい……」

美しさにかけては遥かに俺の上をいくと思われる彼が、感極まった声で囁いてくる。吐息が唇にかかるほどに顔を近づけられ、俺は思わずびくっと身体を震わせてしまった。

「……怖いのか？　なんと愛らしい」

くすりと笑った王子の息がまた俺の唇にかかる。彼に指摘されたとおり俺の身体は細かく震え始めていたが、それは『怖い』というよりは嫌悪感からだった。

「唇を開いて。私のキスを受け入れておくれ」

リドワーンがそう言いながら、ゆっくりと唇を寄せてくる。ここまできたらもう、腹を括るしかないとぎゅっと目を閉じ、言われたとおりに唇を薄く開こうとしたそのとき、ノックもなしに物凄い音を立ててドアが開いたのに、リドワーンも、そして俺も驚き、その場で固まってしまった。

「なんだ、無礼な」

リドワーンが憮然とした顔で立ち上がり、開いたドアからつかつかと部屋の中へと入ってきた男を出迎える。

ソファはドアを背にして置かれていた。王子の誘いに乗ったという後ろ暗さから俺はそのままソファの上で身体を屈め、闖入者《ちんにゅう》に顔を向けぬようにしていたのだが、耳に響いてきた聞き覚えのある声には驚き、思わず振り返ってしまった。

「無礼は王子のほうでしょう。彼と先に交渉していたのはこの僕だ」

「え?」

流れるようなクイーンズイングリッシュ。凜と響くバリトンの美声の持ち主はなんと、俺が喉から手が出るほどに欲している絵の持ち主、タウンゼント卿だったのだ。

なぜ彼がここに――？　その上彼との『交渉』は既に決裂していたはずである。どういうことだ、と戸惑いの目を向けた俺へとタウンゼント卿は近づいてくると、いきなり腕を掴んできた。

「な?」

「行こう。まだ話は終わっていない」

そう言ったかと思うとタウンゼント卿は俺を強引に立ち上がらせ、引きずるようにして部屋の外へと向かい始めた。

「待て。一体どういうつもりだ」

リドワーン王子が怒りも露《あら》わに、タウンゼント卿の前に立ちはだかる。

「あなたこそどういうつもりか知らないが、何があろうと私はあの絵を譲るつもりはないよ」

「なに?」

きっぱりと言い切るタウンゼント卿に、リドワーン王子が一瞬たじろいだ。

「やはりあの絵を餌《えさ》にしたのか」

タウンゼント卿がじろりとリドワーン王子を睨みつける。

「……」

行動を見透かされた気まずさにリドワーン王子が怯んだ隙《すき》に、タウンゼント卿は彼を押しのけるようにして道を開けさせると、真っ直ぐに開いたままになっていたドアへと向かった。

「あの」

そのまま引きずられるようにして階段を下り、ロビーを突っ切ってエントランスへと向かわされる。一体何が起こっているのか、未だに認識できずにいた俺は、ドアボーイが慌てて開いた玄関のドアを出たところに停まっていた黒塗りの車の後部シートに押し込まれたとき、あとから乗り込んできたタウンゼント卿にようやく問いかけることができた。

「どういうおつもりです」

「僕こそ聞きたい。君は一体どういうつもりでリドワーンの誘いに乗ったのか」

怒りも露わな表情でタウンゼント卿はそう言うと、運転手に車を出せと命じた。

「…あの……」

一体どこへ行こうというのだ、と走り出した車の中、タウンゼント卿の問いに答えるより前に問いかけようとした俺に、再び卿の声が響く。

「お喋《しゃべ》り雀《すずめ》たちが噂していた。君がアラブの王子の餌食になりかけていると」

「……はあ…」

ロビーでのやりとりを誰かに見られていたのか、と肩を竦めた俺に、タウンゼント卿は厳しい声音で言葉を続けた。

「君は彼がどういう人物かわかっていたのか。彼の行動は純粋な愛情の表れなどではまるでない。綺麗な花を手折るのが趣味というだけだ。今までどれだけの男女が弄《もてあそ》ばれ捨てられていったか、君にそれを教える人間は誰もいなかったというのか」

「………」

一国の王子を評するには厳しい言葉だと内心の驚きを隠しつつ、一体どういうつもりで彼はこんな話をしてくるのだと、俺はタウンゼント卿の相変わらず酷く不機嫌そうにしている顔を見返した。

「わかっていて尚、君はあの王子に身を任せようとしたのか」

怒りに燃える青い瞳がじっと俺を見据えている。彼の目を前にするとなぜか、嘘偽りはすべて見抜かれてしまうような気になり、俺は今回も正直に頷いてしまっていた。

「ええ」

わからずついていった、などというカマトトめいた答えをタウンゼント卿が信じるとは思えなかったがゆえに正直に答えたのだが、俺が首を縦に振った途端、彼の目の中で怒りの焔が一段と高く立ち上ったのが見えた気がした。

「そうまでして君はあの絵が欲しかったのか」

「……ええ」

怒りに燃える眼差しに射抜かれながら問われた言葉に、またも俺は正直に頷いてしまったのだが、俺の答えにタウンゼント卿の怒りは更に煽《あお》られたようで、

「わかった」

ひとことそう言うと、見ているのも不愉快とばかりに、ふいと俺から目を逸らせてしまった。

「………」

沈黙のときが流れ、あまりの居心地の悪さに俺は、車を下ろしてくださいと切り出そうとしていたのだが、そのとき隣に座るタウンゼント卿がそっぽを向いたまま俺に声をかけてきた。

「そうまでしてあの絵が欲しいというのなら、考えないこともない」

「え？」

本当ですか、と思わず俺は声を弾ませてしまったのだが、俺を振り返ったタウンゼント卿の顔があまりに厳しい表情を湛《たた》えていたことに息を呑み、言葉を発することができなくなった。

顔立ちが整っているだけに、怒りも露わなタウンゼント卿の顔には身を竦ませるだけの迫力

があった。人を怖いと思ったことなど、ここ暫くなかったというのに、今、俺の身体は彼の隣で細かく震え始めてしまっていた。

「一週間ほど僕は日本に滞在する予定だ」

「……え……」

引き結ばれた唇が動き、告げられた内容は俺の予測を裏切るもので、何を言い出したのだと戸惑いの声を上げると、卿は相変わらずきつく俺を見据えながら言葉を続けた。

「どうしてもあの絵が欲しいというのであれば、明日ホテルに来たまえよ。そこで交渉といこう」

「………」

先ほどあっさり断られたのに、なぜだか彼は俺と『交渉』すると言い出し、虎ノ門《とらのもん》にある老舗《しにせ》ホテルの名を告げた。少しは曙光が見えたのだろうかと思うには彼の眼差しは厳しすぎた。彼の憤りは未だ収まっていない。それを証明するかのように卿はあたかも吐き捨てるかのように、俺に向かって言葉を続けた。

「但し君が一晩考えて尚、あの絵のためなら身体を投げ打つことも厭わないと思うのなら、だ。オークションが生む昂揚も一晩も寝れば失せるだろう。目覚めたあと、冷静さを取り戻した君が己の振る舞いを恥じ入るに違いないと僕は予測するけどね」

「……わかりました」

その予測は外れるだろう——言葉には出さなかったが俺の意思は変わらない自信があった。オークションの興奮などとっくの昔に醒《さ》めている。俺にはなんとしてでもあの絵を手に入れなければならない理由があるのだ。そのためなら身体どころか、魂だって差し出すくらいの覚悟を俺は決めていた。

その後、タウンゼント卿は近くの駅で俺を車から降ろした。

「君を軽蔑《けいべつ》せずにすむことを祈るよ」

ウインドウを開け俺にそう言い置くと、卿は運転手に車を出すよう命じた。走り去ってゆく車を眺めながら俺は、たとえ軽蔑されようとも明日は彼の許を訪れようと独り心を決めていた。

まさか翌日、俺のプライドをずたずたに切り裂く屈辱的な出来事が待ち受けているとは想像できるわけもなく、俺はその場に立ち尽くし遠ざかるタウンゼント卿の車の尾灯を見つめていた。

3

翌日の午後六時、社での仕事を早めに切り上げ、俺はタウンゼント卿《きょう》が宿泊しているという虎《とら》ノ門《もん》にある老舗《しにせ》ホテルを訪れた。

『一晩考えろ』という卿の言葉は俺に、馬鹿げた考えを改めさせようとしたものだったのだろうが、俺が昨夜一晩かかって考えたのは、いかにしてあの絵を卿から入手するか、その具体的方法だった。

なんとか彼の機嫌を取り結び、あの絵を入手するべく交渉に持ち込みたい。この一晩のうちに卿の機嫌が直っているといいのだが、と思いながら俺はホテルのフロントで名を告げ、タウンゼント卿の部屋を尋ねた。

「最上階のロイヤルスイートでございます」

恭しげに頭を下げてきた支配人が自ら案内を申し出たが、それを断り俺は一人で卿の部屋へと向かった。

ドアの前に立ち、小さく息を吐いて緊張を解きほぐす。手土産の一つも持っていこうかと随分悩んだのだが、億単位の金を一夜で使う彼に相応《ふさわ》しい品を何も思いつかなかった。結局手ぶらで来たことを後悔しつつ、俺はドアチャイムを鳴らした。

三十秒ほど待たされたあと、静かにドアが開いた。

「……まさか来るとはね」

支配人から既に連絡が入っていたのだろう。ドアの向こうには昨夜見たままの憮然《ぶぜん》とした顔をしたタウンゼント卿が立っていた。

「入ってもよろしいでしょうか」

招き入れる素振りを見せない彼にそう問いかけると、タウンゼント卿はあからさまに大仰な溜《た》め息をついたあと、

「どうぞ」

大きくドアを開き、顎《あご》をしゃくって俺に入室の許可を与えた。

「お邪魔します」

このホテルには何度か宿泊したことがあったが、ロイヤルスイートに入ったのは初めてだった。さすが最上級というだけあり、広々とした部屋に豪奢《ごうしゃ》な調度品が並んでいる。カーペットまで普通の部屋と違う、と毛足の長いその上を卿に導かれるまま進み、示されたソファへと腰

を下ろした。

「……」

卿が俺の向かいに座り、じっと顔を見据えてくる。眼差しに射抜かれるというのはこういう状態をいうのであろうという厳しい視線に、俺の胸は嫌な感じでどきりと高鳴り、腋《わき》を冷たい汗が流れた。

「君には『交渉』の意味がわかっているのかい？」

沈黙の重い時間が随分と過ぎたあと、タウンゼント卿がおもむろに口を開いた。

「意味、と申しますと？」

下手なことは言えないと思いつつ問い返した俺の前で、またタウンゼント卿があからさまな溜め息をつく。

「昨夜君は、僕が落札した絵を餌《えさ》にしたリドワーン王子の『交渉』に乗った。彼に抱かれようとしたことは勿論《もちろん》、覚えているね」

「ええ、それは」

頷《うなず》いた俺に、タウンゼント卿の厳しい問いかけが続く。

「そうまでして君はあの絵が欲しいのか？　投資のためには自分の身体を使うことも厭わないと？」

「そういうわけではありません」

まるで普段から枕営業をしているのではないかというような彼の言いように、さすがに俺はカチンときて、つい言い返してしまったのだが、俺の言葉を待っていたかのようにタウンゼント卿は矢継ぎ早に質問をしかけてきた。

「それならなぜ昨夜は身体を使おうとした？　君の身体はオークションでやりとりされる絵ほどの価値しかないとでもいうのか？　わずか数億の絵のために君は身体も魂も売ると？」

「数億円を『わずか』とは私には思えません」

数億円の金を積まれたら、大抵の人間の心は揺らぐのではないだろうかとは思うが、そんな理由で俺は今回リドワーン王子に身を任せようとしたわけではない。

自分では入手できるかわからないあの絵をなんとしてでも手に入れたい。そのためならなんでもする――とまでは言わないが、男に抱かれる程度のことなら目を瞑《つむ》ろうと思っていた。

「だから君は彼に抱かれることを了承したと？」

信じられない、というように目を剝《む》くタウンゼント卿の口ぶりがまた、俺の怒りを誘う。金に困ったことのない人間に何がわかる、と思わず売り言葉に買い言葉とばかりに俺は彼に言い返してしまった。

「自分の身体に数億の価値があるとは思えませんから。一度抱かれるくらいで億単位の絵が手に入るのなら安いものです」

「信じがたい！　君にはプライドというものがないのか！」

タウンゼント卿が絶叫する。

「生憎《あいにく》プライドを大切にできるような育ち方はしておりませんので。世の中の人間すべてが恵まれた環境に育ってきたわけじゃない」

我ながら卑屈だと思ったが、タウンゼント卿の態度があたかも、億単位の金に屈しプライドを捨てるのは人間ではない、というようなニュアンスを感じさせたことに、俺は反発したのだと思う。

思えば幼い頃からずっと、俺はコンプレックスの塊だった。常に恵まれた人間たちに囲まれ、彼らに苛《いじ》められて育ってきた。そのコンプレックスがばねになり、最難関といわれる大学に入り、今や一億を超える年収を得ているが、こうなるまでには何度となく——それこそ数え切れぬほど、不当に自尊心を傷つけられてきたのだ。

伯爵だかなんだか知らないが、やんごとなき血筋、ありあまるほどの財力に恵まれてきたお前に何がわかる、とばかりに言い返した俺の言葉に、タウンゼント卿はますます怒りを覚えたらしい。

「プライドというのは環境に左右されるものではないだろう！」

呆《あき》れたように叫び返したあと、怒りに燃える眼で俺を睨《にら》みつけてきた。俺も負けじと彼の目を睨み返す。

暫《しば》くそうして睨みあったあと、タウンゼント卿が俺を睨んだまま、大きく溜め息をついた。

「君は自身のプライドよりも、あの絵を取ると言うんだな」

「ええ」

まさにそのとおりだ――否、もしかしたら俺は自身のプライドのために、なんとしてでもあの絵を手に入れたいのかもしれない。

ふと浮かんだ自分の考えに、納得しつつ頷いた俺の耳に、信じがたい言葉が飛び込んできた。

「わかった。君にあの絵を譲ってもいい」

「なんですって?」

信じがたい――それこそ信じられないことだった。彼は怒っていたのではないかと、俺は驚きと戸惑いから大声を上げてしまったのだが、そんな信じがたい出来事が起こるほどに世の中は甘くはなかった。

「もしも君が僕に屈し、自我の全《すべ》てを投げ打って僕に奉仕することができるというのなら、君にあの絵を譲ろう」

「……え……」

やはりタウンゼント卿は酷《ひど》く怒っていた。彼の瞳は怒りに燃え、口調はこの上なく厳しい。

「奴隷のように僕に仕え、僕が命じたことになんでも従う。僕が君に満足できたときに、あの絵を君に譲ろうというのだ」

「……………」

挑発的な口調で告げられた言葉に、反感が込み上げてきたが、何より俺の頭の中には彼の言う『絵を譲ろう』という言葉が響き渡っていた。

タウンゼント卿が怒りで我を忘れているのは明白だった。これは思わぬ幸運が舞い込んできたのかもしれない、と俺はきつい目で俺を睨みつけている卿を前に、心の中で拳《こぶし》を握り締めていた。

少しばかり我慢し、彼の自尊心を満足させることができれば、あの絵は俺のものになる。日頃誠一《せいいち》を相手にしているのと、状況としてはそう変わらないのではないか――いかにも自分より能力的に劣る彼を社長と持ち上げている己を省みると、奴隷だの奉仕だのと大仰な言葉を使ってはいるが、タウンゼント卿を満足させることなどそう大変ではないように思えてくる。

「さあ、どうする。もしも君が僕の交渉に乗るというのなら、今すぐこの場で跪《ひざまず》き、僕の靴に接吻したまえ。その瞬間から君は僕の奴隷だ。僕を『私の伯爵』と――『マイロード』と崇《あが》め、全身全霊で僕に仕える。僕を満足させるためだけに生きるんだ」

そんなことができるのか、と言わんばかりの顔をしたタウンゼント卿の白皙《はくせき》の頬に血が上っていた。怒りと興奮で青い瞳はきらきらと輝き、彼の整った顔を更に美しく飾り立てている。綺麗だな、と一瞬俺は彼に見惚《みと》れそうになってしまったのだが、立ち上がった彼に「さあ」と足を踏み鳴らされ、我に返った。

できるものかと思っているに違いないタウンゼント卿の勝ち誇ったような顔に反発を覚えたせいもある。だが何より、俺はあの絵が欲しかった。

大丈夫だ。たいしたことはない。上手《うま》く立ち回って彼の機嫌を取り、プライドを満足させてやればあの絵は手に入るのだ。

プライドを捨てたふりなどいくらでもできる。それにイギリスの伯爵ともなればその立場から、そう無茶をするわけがない。

『私の伯爵《マイロード》』と呼び、隷属を誓ってみせればいいだけの話だ。這《は》い蹲《つくば》り、靴にキスをしろというのならしてやろう。

心を決めるまでにはそう時間はかからなかった。俺はゆっくりとソファから立ち上がると彼の前で跪いた。床に屈み込み、顔が映るくらいに磨かれたタウンゼント卿のエナメルの靴に唇を押し当てキスをした。

「……君は最低の男だ」

頭の上で、タウンゼント卿の怒りの籠《こも》った声がする。喜ぶとまでは思わなかったが、相変わらず不機嫌なその声に、これからどう彼の機嫌をとるべきかと思いつつ顔を上げた俺を、怒りに燃えた青い瞳が見下ろしていた。

「今日から君は僕の奴隷だ……そういうことだね？」

「はい、マイロード」

呼べと言われた名で、先回りして呼んでやる。タウンゼント卿は俺の返事に一瞬虚を衝かれたように黙り込んだあと、きゅっと唇の端を引き締めるようにして笑った。

「なかなか利発とみえる」

笑う、というには彼の眼差しは厳しく俺を見据えたままだった。沈黙のときが二人の間に流れる。

「利発な君に早速命じたいことがある」

「なんでしょう、マイロード」

床に這い蹲った姿勢のまま、俺はできるだけ恭しい動作を心がけつつ、タウンゼント卿に問い返した。

「身につけているものを全て脱ぎなさい」

「……」

やはりそうきたか――リドワーン王子に抱かれようとしたのがことの発端であるから、隷属を命じられたとき、もしやそのつもりではないかとある程度の予想はしていた。

だが心のどこかで俺は、タウンゼント卿の要求はそんな下卑たものではないと思い込もうとしていたらしく、実際服を脱げと命じられた言葉に対する返事が遅れてしまった。

「返事は？　ユウキ」

さも当然のように俺の名を呼ぶタウンゼント卿に、俺は床に額をこすりつけるようにして頭を下げる。

「かしこまりました、マイロード」

男に抱かれるくらいがなんだ、と思ったはずであるのに、実際立ち上がり服を脱ぎ始めた俺の指先は、傍目《はため》にもわかるほどにぶるぶると震えてしまっていた。

上着を脱ぎ、タイを解いてシャツを脱ぐ。スラックスを脱ぎ下着を脱いだあと、すべてということだったなと、靴下を脱ぎ時計を外してタウンゼント卿へと向き直った。

「ここに来て、跪きなさい」

タウンゼント卿が自分の前を目で示してみせる。

「はい、マイロード」

歩こうとする俺の足も細かく震えてしまっていた。毛足の長いカーペットを踏みしめるようにしてゆっくりと彼に近づき、言われた場所に跪く。

「男に抱かれたことはあるのかい？」

すっとタウンゼント卿の手が伸びてきて、俺の髪に指先が触れた。

「いいえ、ありません。マイロード」

「君は僕の奴隷だ。嘘をつくことは許されていないよ」

指先が髪からこめかみを伝い、俺の頬へと降りてくる。

「嘘などついておりません。男性との経験は一度もありません」

「なのに君はリドワーン王子に抱かれようとし、僕を満足させると豪語したのか」

いや、豪語はしていないと思う、と思いながらも俺は表面上は大人しく、

「はい、マイロード」

絶対服従を誓っているということを全身で表しながら頭を下げた。

「男を相手にしたことがない君が僕を満足させるのは至難の技かもしれないな」

蔑《さげす》みを隠そうとしない口調で、タウンゼント卿が言葉を続ける。

「君には一からすべてを教えなければならない。まあ、利発な君のことだから、すぐマスターすると思うけれどね」

「ありがとうございます。マイロード」

ありがたいことなど一つもなかったが、それこそ『利発な』俺は、奴隷であればここで礼を言うべきだろうと察して頭を下げたのだった。

「よくわかっている」

タウンゼント卿が満足げに微笑《ほほえ》んだのに、やはりな、と内心ほくそ笑んだ俺だが、俺の頬から離れたタウンゼント卿の指が自身のスラックスのファスナーへとかかり、ジジ、と下ろし始めたのには顔が引きつるのを抑えることができなくなった。

「フェラチオも勿論、経験はないのだろうね」

言いながらタウンゼント卿が、自身の雄を取り出してみせる。

「……はい……」

すぐ近くで見る外国人の、日本人のものとくらべて随分と長いそれから、思わず目を逸《そ》らしそうになるのをぐっと堪《こら》え、俺は彼の問いに頷いて答えた。

「された経験は？　ああ、相手は女性でもかまわないよ」

「ありません」

答える俺の頬に血が上ってくる。

勿論童貞ではないが、恋人と呼べるような仲になった女性は今まで一人としていなかった。一度か二度関係したあと、なんとなく自然消滅してしまう。大抵の場合俺の仕事が忙しすぎて、連絡をしないでいるうちに終わる、というケースが多かったが、今まで未練を感じさせた女は誰一人としていなかった。

　感情面でも淡白な俺は、性的にもかなり淡白なほうだった。セックスの嗜好《しこう》は至ってノーマルで、体位も正常位がほとんどであり、後背位やそれこそフェラチオなど、望んだことはなかった。

「性的経験はそれほどないということなのかな？」

　この部屋に入って初めてといっていいほど、機嫌のいいタウンゼント卿の声が響き、俺の頬にはますます血が上ってゆく。

　確かに性経験は乏しいが、それを指摘されて平然としていられる男はいないと思う。

「返事は？　ユウキ」

　黙り込んでいた俺も、タウンゼント卿にそう問われ、はっと我に返った。

「はい、あまりありません。マイロード」

「それは教え甲斐《がい》があるな」

　ははは、と声を上げて笑ったタウンゼント卿が、自身の雄を摑み、俺の口元へと持ってくる。

「咥《くわ》えなさい」

「……………」

いよいよ来たか――自分で選んだこととはいえ、同性の雄を咥えることになろうとは、と俺は絶望感に打ちひしがれながら、目を閉じ彼の雄を口に含んだ。

タウンゼント卿はそれは丁寧に、俺にフェラチオの指導をしてくれた。

「喉《のど》の奥まで納めたあと、ゆっくりと取り出し、先端から舐《ねぶ》ってゆくんだ」

言われるとおりに口を動かしているうちに彼の雄はかさを増し、ついには口に入り切らなくなっていった。

顎《あご》が外れてしまう、と口から出そうとすると、タウンゼント卿の指が俺の髪を摑み、ぐっと自身の腰へと顔を近づけさせた。

「出していいとは言っていないだろう?」

「申し訳ありません。でも入り切らないのです」

隷属的な態度を取り続けているうちに、俺の意識はだんだんと、それこそ奴隷のように卑屈になってしまっていた。

命じられたとおりにしなければ、という義務感がやたらと強まってくる。冷静になれ、隷従している演技をしているだけじゃないかと思うのに、

「入り切らない?」

タウンゼント卿があからさまに不機嫌な声になったのに、俺の身体は自分でも意識せぬうち、

びくりと大きく震えていた。

「申し訳ありません。マイロード」

「それなら先のほうだけ咥えていなさい」

詫《わ》びを言う俺の口に自身の雄を捩《ね》じ込むと、タウンゼント卿は自分で竿を勢いよく扱《しご》き上げ始めた。

「……っ……」

先端が口から飛び出しそうになるのを、タウンゼント卿に睨まれ、必死で唇に力を入れて堪えていた俺の口の中に、いきなりタウンゼント卿は精を放ち、俺は激しく咳《せ》き込んでしまった。

苦い——そして青臭い味に、吐き気が込み上げてくる。だが吐くわけにはいかないだろうと必死で唾《つば》を飲み下していた俺の頭上で、タウンゼント卿の不機嫌な声が響いた。

「僕のものを吐き出すとは、信じがたいね」

「……っ」

そんな、と俺は思わず咳き込みながらも顔を上げたが、俺を見下ろすタウンゼント卿の目には、彼の言葉どおり、怒りの色があった。

「謝罪は？　ユウキ」

「申し訳ありません。マイロード」

謝らざるを得ないとはわかっていたが、謝罪する声は震えてしまった。

「心が籠っていないな」

タウンゼント卿がすぐに見破り、膝を折ると俺の顔を覗き込んでくる。

「もう一度」

「本当に申し訳ありません。どうか許してください」

非情にも見える青い瞳に見据えられる俺の中には今はっきりと、彼に対する恐怖の念が生まれていた。

「口を漱《すす》いで手を洗ってくるように。フェラチオはまた次の機会だ。これから僕は君を抱く」

「わ、わかりました。マイロード」

立て、座れ、というのと同じような口調で命じたタウンゼント卿が先に立ち上がり、俺の腕を摑んで引き上げる。

「ありがとうございます。マイロード」

「洗面所はあちらだ」

顎で示された先に向かい、のろのろと歩き始めた俺の背に、容赦ない彼の声が飛んだ。

「急ぐんだ。ユウキ」

「申し訳ありません」

小走りになり、洗面所に駆け込んだあと俺は、鏡に映る自分の姿に吐き気を覚え、洗面台を前に蹲ってしまった。

貧相な裸体を晒《さら》しているだけでなく、頬に、首筋に、胸に、タウンゼント卿の残滓《ざんし》が飛んでいる。

精液にまみれた己の惨めな姿に、吐き気と共に涙が込み上げてきたが、泣いている場合ではない、と俺は気力で立ち上がり、言いつけに従い口を漱ぎ顔と手を洗った。ついでにその場にあったタオルで身体にとんだ精液を拭《ぬぐ》うと、鏡の中の青い顔をしている自分に「しっかりしろ」と声をかけ、再び卿のもとへと戻った。

卿は俺の姿を認めると、ついてこい、というように踵《きびす》を返し、奥の部屋へと進んでいった。寝室へと向かうのだろうという俺の予想は当たり、キングサイズの大きなベッドが中央にしつらえてある、豪奢な室内へと卿は足を踏み入れると、くるりと俺を振り返った。

「服を脱がせてくれ」

「かしこまりました。マイロード」

これから自分を抱くと宣言した男の服を、自分が脱がせなければならない屈辱に唇を噛《か》みながらも、これが俺の選んだ道なのだからと自身に言い聞かせ、タウンゼント卿の服を上から順番に脱がしてゆく。

シャツを脱がせると、胸板の厚い見事な裸体が現れ、随分着やせするのだなと俺はこんなときであるのに感心してしまった。スラックスを脱がせ、下着を脱がせたときに、片足を上げるのに彼が俺の肩に手をのせる。

「……」

その指先を酷く熱いものに感じる俺の胸はそのとき、変にどくん、と脈打ったのだが、靴下まで脱がせ、これでいいかと上を向いたとき、まるで物体を見ているかのような冷たい卿の目に、速まりかけた鼓動がすっと鎮まっていった。

「君は僕を満足させなければならない立場にある。だが君に男性経験はない」

「はい、マイロード」

「どうやって君は僕を満足させるつもりかな」

「………」

どうやって――知識もなければ経験もない。どうすればセックスで男性を満足させられるかなど、わかるはずもなかった。

どうしよう、と俺は一瞬考えたあと、これしかないかとタウンゼント卿の前で改めて頭を下げた。

「お命じください。マイロード」

「僕が命じたことなら、なんでもする——君はそう言うのかい?」

タウンゼント卿の声に意地の悪い響きが籠る。

「はい、マイロード」

ここまできたらもう、何をするのも一緒だった。どうせあのリドワーン王子には抱かれるつもりだったのだ。それにこれまで卿には散々、屈辱を味わわされている。

この上何をされたところでもう、何も感じるものはないだろう——まだまだ自分の認識が甘かったと自覚させられることになるとは思いもよらず、俺は半ば自棄《やけ》になりながら、卿の前で項垂れた。

「それならベッドに上がって。仰向けに寝て、両脚を大きく開くんだ」

「……かしこまりました」

言われたとおりの姿勢を実際とってみて、あまりの屈辱的な格好に、もはやこれ以上の恥辱はなかろうと思っていた俺は再び唇を噛み締めることとなった。

性器も尻も丸見えとなっている己の姿から堪らず目を逸らした俺に、卿の厳しい声が飛ぶ。

「目を開けて、淫《みだ》らな自分の格好をしっかりと眺めていなさい」

「……はい、マイロード」

果たして卿の満足は俺をこれ以上ないほどに辱めることにあるのではないだろうか——そう

邪推してしまうほどに彼の声は楽しげだった。

「男性同士の性交にどこが使われるか、知識くらいは持っているかい？」

俺が横たわるベッドに、タウンゼント卿が膝をのせてくる。

「存じています。マイロード」

「知っているのなら話は早い。挿入するのには準備が必要だ。そのことは知っているかな」

「いいえ、マイロード」

首を横に振ったのは別に演技でもなんでもなく、どのような『準備』が必要かまるでわからなかったからだった。

「そうか」

タウンゼント卿は拍子抜けしたような顔になったあと、すぐにどこか意地の悪さを感じさせる笑みを端整なその顔に浮かべると、

「そのままの姿勢で待っておいで」

俺にひとことそう言い捨て、全裸のまま部屋を出ていってしまった。

言いつけを破れば彼の『満足』からは遠くなる。開きっぱなしの脚も、それを摑んでいる手も辛《つら》くなってきてはいたが、俺は大人しく彼の言いつけに従い、一人でベッドに横たわっていた。

馬鹿なことをしているという自覚はある。己の姿を見ていろという言いつけまで守っている自分に気づき、大きく溜め息をつくと俺は視線を天井へと向けた。

おそらくこの部屋は普段よりも数段、室内の装飾に手を入れているのだろう。凝りに凝った調度品には、欧州の古城にでもありそうな雰囲気のもので統一されている。

オークションの開催はふた月に一度という話だった。このホテルが卿の定宿であるのなら、彼が泊まるときだけこのような仕様になるのではないだろうか。

俺もたいがいのホテルに気を遣われてはいたが、室内の装飾にまで手を入れられたことはなかった。本物のセレブと、成金の差はこのあたりに出るのかもしれない、などとぼんやり考えていた俺は、部屋の扉が開いたのにはっと我に返り、入り口を見やった。

「言いつけを守っていたとは、偉いな」

ほう、とタウンゼント卿が目を見開き、俺に笑顔を向けてくる。部屋を出たときには全裸だった彼は今、シルクのガウンを身に纏《まと》っていた。

「君がこんなにも従順な奴隷になるとは思わなかった」

微笑を湛え、ゆっくりとベッドへと歩み寄ってくる彼の手には、綺麗な装飾のガラス瓶が握られている。一体何を持ってきたのだ、と俺がその瓶に注目していたことに卿はすぐに気づいた。

「これかい？　昨日オークション会場で知人に、珍しいものが手に入ったと渡されてね」

ベッドへと腰を下ろし、俺へと視線を向けた卿が「なんだと思う？」と問いかけてくる。

「わかりません。香水でしょうか」

それ以外思い当たらないと答えた俺の前で、卿は「いや」と首を横に振った。

「嘘か真《まこと》か、東洋の媚薬《びやく》だというのだ。粘膜に吸収させるとこの上ない快楽を得られるという。僕は信じちゃいないがせっかくの機会だ。君で試してみたくなった」

「……そんな……」

試すなど、実験動物ではないのだからと思わず非難の声を上げかけた俺に、卿が眉を顰《ひそ》めてみせる。

「まさか嫌だ、などとは言うまいね」

「…勿論です。マイロード」

『媚薬』など偽物に違いない。それに卿に渡すような品だ。人体に悪影響が出るようなものではないだろう。必死で自分に言い聞かせながら俺は卿の前で従順さを装い、大きく頷いたのだが、卿はそんな俺のリアクションに酷く満足したようだった。

「それでいい。では早速試してみよう」

言いながら卿が瓶の蓋《ふた》を開け、中身を掌《てのひら》に流してゆく。

「意外にどろりとしているんだな」

独り言のようにそう言い、一旦《いったん》瓶をサイドテーブルに置くと、卿は指先でその『媚薬』を掬《すく》い、俺へと視線を向けてきた。

「それでは、いくよ」

「……はい」

何をする気だ、と一瞬にして強張《こわば》った俺の身体に、濡《ぬ》れた卿の指が近づいてくる。

「力を抜いてくれ」

卿の指の行方《ゆくえ》を目で追っていた俺は、その指がある意味予想どおりのところへと向かっていくのに、ごくり、と唾を飲み込んでしまった。

卿の片手が露《あら》わにされた後孔を更に広げ、そこに繊細な彼の指が一本、ゆっくりと挿入されてくる。

「……っ」

誰にも触れられたことのないところに挿《はい》ってきた指に驚き、俺のそこは自身の意識を超えたところで一気に締まり、彼の指先を締め付けたのだが、次の瞬間、まるで火で焼かれるような熱さに襲われ、堪らず俺は背を仰《の》け反らせてしまっていた。

「熱いっ……」

このままの姿勢でいろ、と言われたことなどすっかり頭から飛んでいた。体感したことのない熱さが俺を襲い、なんとかその熱から逃れようと、俺は両手両脚をばたつかせた。

「大丈夫か」

慌てた卿の声が頭の上で響いていたが、答えることはできなかった。ただただ後ろが熱い。いつの間にか卿の指は抜かれていたが、熱は少しもおさまらず、それどころか俺が暴れるたびに増してゆくようで、身を焼く熱さに俺はシーツの上でのたうちまくった。

「あぁっ……」

後ろを襲っていたのは熱だけではなかった。ひくひくとまるで壊れてしまったかのように内壁が蠢《うごめ》き、たまらない気持ちにさせてゆく。

媚薬――効力などないに違いないと思っていたその液体が今、俺の身体に浸透して灼熱《しゃくねつ》の炎を生み、俺の脳すら焼き尽くそうとしていた。

「刺激が強すぎたようだ。君、ユウキ、大丈夫か」

両肩をシーツに押さえつけられたと同時に、目の前に美しい男の顔が現れる。

それが誰であるか、そのときの俺ははっきり認識することができなかった。俺の動きを妨げる邪魔者としか思えぬ男の手を必死で跳ね除けようと、手足をばたつかせる。

「洗えば少しは収まるのか？　いや、それより…」

いくら暴れても俺を押さえつけた手は緩む気配がなく、苛立《いらだ》ちが身を焼く焔《ほむら》とともに燃え上がり、俺に悲鳴のような声を上げさせていた。

「やーっ」

「少し静かにしてくれ。ホテルの人間が驚いて飛んでくるだろう」

今度は口を押さえられ、息苦しくなった俺は思わず歯を立てようとしたのだが、そのときには掌は俺の口から外され、その手は俺の足首を摑んでいた。

「離せっ」

遠くで叫ぶ自分の声が聞こえる。両足首を摑まれて腰を上げさせられたあと身体を二つ折りされ、そんな不恰好《ぶかっこう》な姿のまま俺はシーツの上に押さえつけられてしまっていた。

「熱いっ」

煌々《こうこう》と灯りのつく下、露わにされた後孔は相変わらず焼け付くような熱を孕《はら》み、ひくひくと蠢き続けていた。

「多分これが最も効果的だと思う」

やたらと冷静な声が頭の上で響いたと同時に、双丘を割られる。

「あっ…」

すうっと外気が中へと入ってきたとき、俺の後ろはその冷たさを悦《よろこ》び一段と激しく収縮した。

そのとき嬌声《きょうせい》にしか聞こえない高い声が響き渡ったが、まさかその声を自分が出していることなど、そのときの俺にわかるはずもなかった。

「初めてと言っていたが、大丈夫だろうか」

ぼそりと呟かれた英語が、意味を解するより前に、まるで音楽のように俺の上を流れてゆく。

「薬が効いている間は大丈夫か」

またも意味のわからぬ音楽がすうっと流れた次の瞬間、後ろに物凄い質感を得、朦朧《もうろう》としていた意識が一瞬にして醒めた。

「痛っ」

ズッという音とともに、太い棒状のもので無理やり身体をこじ開けられている――うまくいえないが、そんな、今まで体感したことのない痛みが俺の身体を引き裂いた。

「痛いっ……あっ……」

一体何が起こっているのだと薄く目を開いた先、金色の髪がきらきらと輝いている光景が真っ先に視界に飛び込んでくる。

「痛い？」

心配そうな声が響いた、それを認識したときに、その声を発した形のいい唇が俺の視界に浮かび上がった。

「大丈夫か」

ズッと今度は後ろから、一気に太いものを引き抜かれ、あまりの痛みに悲鳴を上げたとき、自分を見下ろす青い瞳がはっきりと形を成してくる。

「あ……」

俺の両脚を摑んで大きく開かせ、のしかかってきている男が誰なのか、俺ははっきりと識別した。痛みを覚えた後孔を見やり、それまでそこに捩じ込まれていたものが、彼の――タウンゼント卿の猛《たけ》る雄であったことも同時に理解する。

「大丈夫か？」

再び同じ問いをかけてきたタウンゼント卿が、ゆっくりと俺に覆いかぶさり顔を覗き込んでくる。彼の煌《きらめ》く青い瞳を見た瞬間、今まで激しい痛みを覚えていたそこにまたあの焼け付くような熱さが蘇り、激しい収縮が再開した。

「……あっ……」

またも俺の意識は灼熱の焰の中に放り込まれ、満足に返事をすることもできなくなる。熱と収縮をなんとか治めたいのに、自分ではどうすることもできず、苦しさから俺の腰はシーツの上でくねり続けていた。

「……これはこれで可哀想ではある」

またもやたらと冷静な声が頭の上で響き、溜め息の音が漏れる。

「ユウキ、多少の痛みは我慢してくれ」

名を呼ばれたことだけはわかったが、あとはなんと言われたのかまったく理解できなかった。

再び双丘を割られ、押し広げられたそこに、ずぶりと太いものが挿入される。

「あっ……」

身体を引き裂かれる痛みはもう、俺の上には訪れなかった。ひくつく内壁に誘われ、その太いものはずぶずぶと面白いほどに俺の中へと飲み込まれてゆく。

「動くよ」

呟きが合図になり、いきなり激しい抜き差しが俺の後ろで始まった。

「あぁっ……」

摩擦熱が生まれたが、それは先ほどの我慢できない熱さというよりは、なんというか——俺を快楽の絶頂へと導く、その一助となる熱だった。

「あっ……はぁっ……あっ…あっ…あっ」

パンパンと高い音が立つほど、激しく抜き差しされるその棒の、先端のかさのはった部分が俺の内壁を抉《えぐ》り、籠った熱を放出させてゆく。ずんずんと奥を抉られるリズムの心地よさに俺は、自らその動きに合わせるよう、腰を動かしてしまっていた。

「あっ……はぁっ…あっあっあっあっあっ」

絶叫に近い声が口から漏れたと思ったときには俺は既に達していた。精液が首のあたりまで飛んでくるほどの快感に、頭の中が真っ白になる。

「くっ」

達したと同時に、自分でも驚くほどに後ろが収縮し、中に納まるものを締め上げたのがわかった。頭の上で抑えた声がしたと同時に、ずしりという重さと生暖かい熱を後ろに感じ、俺の口から微かな息が漏れる。

「あ……」

ずるり、と後ろから何かが抜かれたとき、どろりとその生暖かな液体が零《こぼ》れ落ち、尻《しり》を伝ってシーツを濡らした。

「……あっ……」

ひくり、と後ろが微かに蠢いたのに呼応するように、俺の雄がどくん、と小さく脈打つ。

「まだ足りないようだな」

くすりと笑った声の主を見上げるより前に、また俺の両脚が抱え上げられる。露わにされたそこはまた、与えられる質感を求めてひくつき始め、再び滾《たぎ》るような快楽の波へと意識を投げ込まれるような行為に、俺は翻弄《ほんろう》されていった。

4

幼い頃の夢を見ていた。

父は僕がアトリエに入るのを酷く嫌がる。今日もまたこっそりとアトリエに忍び込んだことがばれて、叱責《しっせき》されている夢だった。

『ここはお前の来る場所ではない』

父が鬼のような厳しい顔をしているのならまだ、泣いて詫びることもできるのに、父の顔は淡々としていて、口調が厳しくなければ日常の彼とまるでかわりがない。

多分父は、息子である僕にひとかけらの興味もなかったのだろう。自分の聖域が侵されたときだけ彼は僕を叱責する。無表情な顔で。生気などないガラスのような瞳をして。

親は無条件に子供を愛するものだという世間の常識が父にはなぜ無縁だったのか。

理由はあまりに簡単だった。

『お前には絵の才能がない』

きっぱりと言い切られた言葉——だから父は僕に興味がないのだ。

彼の聖域に僕が立ち入るのを厭うのもまた、同じ理由からなのだ。

『お前には絵の才能がない』

何度となく繰り返された言葉が頭の中でこだまする。わかっている。だからもう、繰り返さないで。僕には絵の才能がない。あなたの聖域には足を踏み入れることができない。

『お前には絵の——』

わかっている。わかっているよ、お父さん。だからお願いだ。僕にもうそのことを思い知らせるのはやめてくれ。

『お前には——』

＊
＊
＊

「…キ、ユウキ」

　名を呼ばれ、頬を叩かれて俺は、はっと眠りの世界から覚めた。

「酷くうなされていた。大丈夫か」

　問いかけてくるのはクイーンズイングリッシュ――優しげなその声の王が最初誰だか思い当たらず、額を覆ういやな汗を手の甲で拭ったそのとき、

「あ」

　脳裏に一気に昨夜の記憶が蘇ってきて、思わずがばっと身体を起こした俺に、その声の主がまた、優しげに問いかけてくる。

「気分は悪くないか？」

「………大丈夫です」

　頭の中ではフラッシュバックのように、これまでの出来事が次々と浮かんでは消えていった。

　隷属を条件にあの絵を譲り受ける約束をしたこと。フェラチオを強いられたあと、ガラス瓶に入った媚薬を後ろに使われ、我を忘れて乱れたこと――どれ一つとして思い出したくもない出来事であったが、同時に思い出さざるを得ない事象でもあった。

「それはよかった」

　タウンゼント卿が昨夜とは打って変わったにこやかな笑みを浮かべ、俺の顔を覗き込んでく

る。

「ご心配をおかけし申し訳ありません。マイロード」

どうやら彼は俺と同じベッドで休んでいたらしい。二人とも薄いガウンのようなものを着用していたが、俺には身につけた覚えがない——ということは多分、タウンゼント卿が俺に着せてくれたに違いなかった。

奴隷になれと言いながらそんな親切を施してくれた彼に、俺は昨日の約束は忘れていないということを示すために、彼に命じられた名で答えたのだが、その瞬間、にこやかに微笑んでいた彼の顔から、すっと笑いが消えた。

「君はまだこの、馬鹿げたゲームを続ける気なのか」

「はい、マイロード」

『馬鹿げたゲーム』で片付けられては困る、と俺はその場で居住まいを正し、卿に向かって深く頭を下げてみせた。

「これからも奴隷のように僕に仕え続けると？」

「はい、マイロード。あなたにご満足いただけるまで」

「………」

頭を下げたまま答えた俺の耳に、不機嫌であることを隠そうともしない卿の溜め息が聞こえてきた。

「それなら一切の遠慮はしないよ。君を気遣うことも、いたわることも今後はしない。奴隷相手にそんな真似《まね》をするのは愚かしいことだからね」

「わかりました。マイロード」

頷きはしたが、俺は本当の意味で彼の言葉を理解していたわけではなかったらしい。

「さあ、ガウンを脱いで。奴隷に服など必要ないだろう」

厳しい声でそう命じた卿が、がばっと上掛けを跳ね除ける。

「わかりました」

彼が何を怒っているのか、まるでわかりはしなかったが、言いつけに背くことはできないと俺はけだるい身体をだましだましベッドを降り、着ていたガウンを脱いで床へと落とした。

「ユウキ、早速たのみたいことがある」

「なんでしょう?」

タウンゼント卿は今、ベッドに腰をかけていた。手招きをされて近づいていくと、彼は自分でガウンの紐《ひも》を解き、はらり、と前をはだけてみせた。

「………っ」

いきなり俺の目に、既に勃《た》ちかけた彼の雄が飛び込んでくる。ぎょっとして思わずあとずさりしかけた俺の手を、卿の腕が摑んだ。

「僕も健康な成人男子だからね。これを君に鎮めてほしい——口を使ってね」

言いながら卿が、ぐい、と僕の腕を引き、彼の足元に膝をつかせる。

「さあ、ユウキ。昨日教えたとおり、口で僕を慰めてくれ」

「か、かしこまりました。マイロード」

まさか朝からこのような行為を強いられようとは、と俺は内心溜め息をつきながらも、ゆっくりと卿の雄へと顔を近づけていった。

行為自体への嫌悪感は勿論ある。だが、不思議と俺はふっきれていた。

理由はよくわからない。あの媚薬が未だに効力を発揮していて、俺の神経を鈍感にしているのかとも思ったが、そういうわけでもなさそうだった。

多分自分の中に抗体ができたのだろう。屈辱を屈辱と感じないように、苦痛を苦痛と認めないように、あらゆる侮辱に、あらゆる恥辱に鈍感になれるよう、自らブロックしたのだろうか

——なんとなく正解のような気もしたし、あまり当たっていないような気もする。

ともあれ俺の目的はあの絵を手に入れることだけなのだ、と思いながら口を開き、そっと手を添えて卿の雄を咥えようとしたその瞬間、

「もういい」

いきなり頬を軽く叩かれ、俺はいつしか一人はまり込んでいた思考から目覚めた。

「あの…」

「フェラチオはもういいと言ったんだ。シャワーを浴びる。君もすぐ支度をするように」

タウンゼント卿が不機嫌さも露わな顔で一気にそう言いベッドから立ち上がった。ガウンの紐を結び直しながら浴室へと消えてゆく後ろ姿を、俺は何が起こったのか瞬時には理解できずに呆然と見送ってしまっていたのだが、こうしてはいられないと立ち上がり、タウンゼント卿とは別の浴室へと——なんとこの部屋には、客用の浴室まで用意されていたのである——向かい、手早くシャワーを浴びて服装を整えた。

整えた、といっても俺が袖を通すことができたのは、昨日着ていたスーツだけだった。虫の知らせでもあったのか、俺は今日から二日、会社に有休を申請していた。それでも一応、メールと市場のチェックはしたかったのと、何より着替えが必要だと、俺はシャワーを浴び終えた卿におずおずと、一度家に帰りたいと申し出た。

「君の家に？」

「はい。着替えを取りに戻りたいのです。ここからでしたら、三十分ほどで往復できます」

お願いします、と頭を下げた俺の前で、卿は暫くどうしようかなというように黙り込んでいたが、ようやく、ない。

「わかった」

明るい声でそう答え、俺に安堵の息を吐かせた。

「ありがとうございます。マイロード」

万一許可されなかった場合は、同僚にでも着替えを届けてもらおうと思っていた。頼める関係にある友人知人は誰一人として思い浮かばなかったがゆえの選択だったが、そんなことを頼もうものなら俺はその同僚に大きな借りを作り、ひたすら利用される立場に陥っていたに違いない。

そんな馬鹿げた心配をせずにすんだことを喜びつつ、

「それでは」

これから行ってまいります、と立ち上がりかけた俺は、頭の上から降ってきた卿の言葉に、驚きのあまり大きな声を上げてしまった。

「僕も行こう。君がどんなところに住んでいるのか見てみたい」

「なんですって?」

まさかそうくるとは、と唖然とした俺の目の前で、タウンゼント卿の端整な眉が不快そうに顰められる。

「これは命令だよ。ユウキ」

「……かしこまりました。マイロード」

　何が命令だ、と心の中で毒づいたものの、そう言われてしまっては従わざるを得ない。

「僕も支度をする。待っているように」

　返事をした途端、眉間の皺が解かれたことで、機嫌を直したらしいことがわかった。タウンゼント卿が、歌うような口調でそう言い寝室へと消えていった後ろ姿を見送りながら、俺はまた、やれやれと大きな溜め息をついたのだった。


　三十分ほどして俺は、タウンゼント卿を伴い、自宅のある赤坂《あかさか》の高層マンションのエントランスをくぐった。

　五十二階建てという高さはことのほかにタウンゼント卿を喜ばせたらしく、最上階にある俺の部屋へと入るとすぐ彼は、リビングの窓辺へと駆け寄り、外を眺めた。

「すばらしい眺望だ。なんといったか、日本一高いというあの山も見えるのではないかな？」

「富士山《ふじさん》ですね、天気のいい日には見ることができます。今日はどうでしょう」

　リビングは全面窓で、スイッチ一つでカーテンの上げ下ろしができる。全ての窓のカーテンを一気に上げるよう操作すると、タウンゼント卿の口から感嘆の声が漏れた。

「素晴らしい。まるでイリュージョンを見ているようだ」

「気に入っていただけて光栄です」

タウンゼント卿が目を輝かせる姿を前に、俺は非常に気分をよくしていた。この部屋には年収一億を超えたときに入居した。年収は目に見える栄誉の一つであり、九桁もの金額を稼ぎ出したことは、俺にとっては『大成』ともいっていい結果だった。

自らの成功の証《あかし》として俺は、家賃二百万近いこの部屋を借りた。美しい東京《とうきょう》の夜景を見下ろすとき、俺の胸には世間一般のサラリーマンに対する優越感が溢れていた。

成功者たる自分の城に相応しいと思っていたこの家に、世界に名だたる資産家というタウンゼント卿が感心している。財力だけではない、やんごとなき生まれの彼をも唸《うな》らせたということに俺の優越感はこの上なく満たされていたのだが、世の中、そう甘いものではなかった。

「それで、部屋はどこにあるんだい？」

「はい？」

さも当然の問いのように発せられたタウンゼント卿の言葉が、最初俺には理解できなかった。部屋はどこだも何も、今、この場所がリビングだということがわからないのだろうかと問い返そうとした俺は、続く彼の台詞《せりふ》にがっくりと肩を落とすことになった。

「ここは玄関ホールだろう？　君はどこで生活をしているのかな」

「……………いえ、ここが居間です」

なんということだ。我が家は平米数にして二百以上ある。リビングも特別あつらえで四十畳あるというのに、イギリスの伯爵様にとってはこのリビングは玄関ホールにしか見えないらしい。

やはりワールドワイドなセレブリティは俺などとは感覚が違う。すっかり脱力してしまいながら俺が、ぼそぼそと説明をしかけたそのとき、ポケットに入れていた携帯が着信に震え、「失礼」と俺はタウンゼント卿にひとこと声をかけてから応対に出ようとディスプレイを見た。

「………」

てっきり取引先の誰かかと思った電話は、病院からだった。どうしようかと思ったが、卿がじっと俺の様子を窺《うかが》っているのに気づき、着信ボタンを押した。なぜ無視をしたのだと突っ込まれるのが面倒だったからだ。

「もしもし」

『ああ、成瀬さん？　木下《きのした》です』

聞き覚えのある――どころか聞き飽きるほどに聞かされた声の主は、世田谷《せたがや》にある著名な病院の看護師長だった。

「はい」

『あのね、お母様が至急来てほしいと仰るの。今日は平日だし、お忙しいんじゃないかしらと言ったんだけど、いいから電話だけでもしてほしいって仰るのよ』

またか、と俺は耳元でくどくどと述べられる師長の言葉にうんざりしつつ、彼女に問い返した。

「容態はどうなのです。どこか悪いところでも？」

『ご容態は安定してらっしゃるわ。でもね、あなたにお電話したのに、こちらへいらっしゃらないことがわかると、途端に数値が悪くなるのよ。多分お気持ち的なものだと思うのだけれど、今回はなんだか、悪い夢を見たと仰って、それはそれは心配なさってるご様子よ』

「母の容態が安定しているのでしたら、やはり今日は行くのはやめにします」

放っておけばいつまでも喋《しゃべ》り続けていかねない師長の言葉を、きっぱりと俺は遮った。

『やっぱりお忙しいわよね。わかったわ。お母様にはうまいこと、説明しておきますから』

ごめんなさいね、と師長は最後に詫び電話を切った。

「……………」

うまいこと説明できるのなら、最初からそうしてほしい、と心の中で悪態をつきつつ、俺も電話を切る。

病院からの電話のあとにはいつも、苛立ちが俺を襲う。まったくもう、いい加減にしてほしいものだとつい溜め息を吐いてしまったそのとき、

「どこから電話だったんだい？」

バリトンの美声が耳に響き、俺は今更のように室内へと招き入れたこの、美貌の伯爵の存在を思い知らされた。

「……」

人の電話に聞き耳を立てていたのか、と非難の眼差しを向けようとした俺に、タウンゼント卿が問いを重ねてくる。

「ユウキ、どこからの電話だったか、答えなさい」

「……な……」

命令口調は即ち、当たり前の話だがこの問いが彼の命令であることを物語っている。

なんということだ――確かに隷属は誓ったが、プライバシーすら暴こうというのか、という怒りが込み上げてきたが、そのままそれをぶつければ今までの苦労は水泡に帰す。

隠すほどのことでもないか、と俺は無理やり自分を納得させると、それでも怒りを覚えていたため目を伏せ、淡々と卿の問いに答えた。

「母が入院している病院からです」

「用件は？」

すかさず新たな問いを発してきた卿を、俺は思わず睨み付けそうになったが、感情を抑え、再び淡々と答えを返した。

「母が私に会いたいと連絡を入れてきたのです」

「母上が？」

タウンゼント卿の声が高くなる。

「それは会いに行ったほうがいいのでは？」

「いえ、容態は特に悪化していないとのことですし、母がこうして私を呼び出すことはよくあるのです。多分退屈なのでしょう」

入院した当初は俺も、母が呼び出すたびに馬鹿正直に病院を訪れていた。母親を介護つきの老人病院に入れたのは、今の仕事が軌道に乗ってからのことだ。入るのに数千万、毎月百万近い金がかかるその病院は、それだけ金がかかるというのになかなか入院できないことで有名なところだった。

大口客の一人が政治力を持っている男で、彼の口利きでようやく入ることができたとき、母親自身、こんな素晴らしい病院に入院できるような身分になれて嬉しい、と喜んでいたのだ。

だがすぐに母はその喜びを忘れ、何かと言うと俺を呼べと師長に電話をかけさせる。悪い夢を見た、というのは母がもっともよく使う手で、実際会いに行くとごくごく昔の、それこそ俺が生まれる前にいかに自分が裕福であったかというつまらない話を聞かせるのだ。

最近では多忙を理由に、容態が悪化したとき以外には母の呼び出しを無視していたのだが、タウンゼント卿にそんな俺の事情が伝わるわけもなかった。

「退屈していらっしゃるなら尚のこと、見舞いに行けばいいじゃないか」

いかにも善人らしいコメントに、あなたには関係ないと咽元まで言葉が出かかったのを飲み下し、俺は彼に笑顔を向けた。

「また改めて、見舞いに行こうと思います」

「改める必要はない。今日、これから行こう」

「は？」

タウンゼント卿が俺へと一歩を踏み出しながら、にこやかに微笑みそんなふざけたことを言ってくる。

「君の母上の病院を僕も見てみたい」

「はあ？」

なぜに他人《ひと》の母親が入院している病院など見たいのだ、と唖然としてしまいながらも、断るという選択肢がないことを俺は今更のように思い出していた。

酔狂にもほどがある、と俺は着替えを詰めたバッグを抱えながら、タウンゼント卿の横で密《ひそ》かに溜め息をついた。

結局俺は彼を連れ、母の入院する病院へと見舞いに訪れざるを得なくなった。タウンゼント卿はなぜかやたらと張り切り、見舞いには花が必要だと、かかえ切れないほどの大きな花束をマンションの近くのホテルに入っていた日比谷《ひびや》花壇で作らせ、その花束を抱えた彼と俺は俺が手配したハイヤーで病院へと乗り付けたのだった。

世田谷にあるこの介護つき老人病院は、広い敷地内に建てられた、病院というよりマンションのような佇《たたず》まいをした瀟洒《しょうしゃ》な建物である。

母の病室は個室で、院内では最上級の部屋になる。もともと母は心臓が弱く、六十を越した頃に一度心筋梗塞で倒れたことがあって、それで俺は大事をとり、この介護つきの病院に入れたのだった。

面会を申し入れると、師長が慌てて飛んできた。もっとも金を落としている俺を、病院の誰もが丁重に扱うのである。

「お電話など差し上げてしまって、本当にごめんなさいね。でもきっと、お母様もお喜びになるわ」

俺に話しかけながらも、彼女の目線が俺の背後に立つ長身の美丈夫、金髪碧眼《へきがん》の紳士へと向いているのは一目瞭然《りょうぜん》だった。

「あら、綺麗なお花ですこと」

卿が抱えていた花束を口実に声をかけようとしたが、生憎タウンゼント卿は日本語を解さない。なに、というように目を見開いたのに、師長は「いえ、あの」と口ごもると、

「花瓶、用意いたしましょうね」

俺にそう声をかけ、その場を駆け去っていった。

師長だけでなく、入院患者も看護師も、年老いた医師でさえも皆、タウンゼント卿を振り返った。彼が抱えていた大きな花束が目を惹いたという理由もあろうが、多分花などなくとも彼は、行きかう人の注目を集めていたに違いないと思わせる何かを備えていた。

類《たぐい》まれなる美貌のせいもある。だが外見よりも彼には内面から光を発しているような雰囲気が備わっていた。その光が皆を振り返らせるのではないか――光の出所は彼の、やんごとなき生まれにあるのか、はたまた彼自身が培ってきた何かにあるのか、俺にはよくわからなかったが、俺の母親もまた彼のその光に惹かれたようだった。

「悠貴、よく来てくれたわね」

母の顔色はよく、たいがい元気そうだった。また無駄に人を呼び出して、と悪態をつこうとした俺の背後に、彼女の目線が注がれる。

「どなた？　お友達？」

最初母は日本語で俺にそう問いかけたのだが、タウンゼント卿が笑顔で彼女に英語で話しかけたのに、視線を彼へと戻し、笑顔を返した。

「はじめまして。ヒューバート・タウンゼントです。お目にかかれて光栄です」

「こちらこそ。ヒューバートさん、わざわざお見舞いにいらしてくださったの？　どうもありがとうございます」

俺の母は英語が堪能なのだった。卿が「これは」と嬉しげな声を上げる。

「綺麗な発音でいらっしゃる。イギリスに住まれたことがおありですか」

「いいえ、家庭教師がイギリス人でしたの。残念ながら日本を離れたことは一度もありませんわ」

母親はそう肩を竦めてみせたあと、逆にタウンゼント卿に問い返した。

「よくおわかりになりましたね。ヒューバートさんもとても綺麗な発音をしていらっしゃる。イギリスの方ですの？」

「ええ、そうです」

タウンゼント卿が頷き、笑顔を返す。

「悠貴」

タウンゼント卿に笑顔で応えながら母は俺に、こそりと尋ねてきた。

「もしかしてこの方、貴族階級にいらっしゃるのではなくて？」

「ええ、伯爵です」

俺の答えに、母の顔がぱっと輝いた。

「失礼しました。今、息子に聞いたのですが、伯爵様でいらっしゃるのですね」

弾んだ声を出す母に、タウンゼント卿は悠然と微笑み頷いてみせる。

「ええ、そのとおりです」

「実は私の祖父も男爵の位についておりましたのよ」

またいつもの母の自慢話が始まった——やれやれ、と内心溜め息をつく俺の前で、タウンゼント卿が「ほお」と興味深げな相槌《あいづち》を打つ。

これは話が長くなるな、という俺の、あまり当たってほしくない予感はきっちりと当たり、それから母は卿相手に、かつて自分の生家がいかに文化的で、いかに裕福であったかという話を延々と繰り広げたのだった。

昼食の時間を機に俺たちは母親の病室を辞した。

「楽しかったわ。よろしかったらまたいらしてくださいな」

タウンゼント卿が病室を出るとき、母は心底名残惜《なごりお》しそうだった。

「僕も大変楽しかった。またお会いしましょう」

社交辞令からか本心からか、タウンゼント卿も笑顔で答え、すっかり退屈していた俺は彼を連れて病室を出、ハイヤーへと向かった。

「長時間、年寄りの思い出話につき合わせまして、申し訳ありませんでした」

車に乗り込んだとき、二時間近く母の話に付き合わせたことを、俺は卿に詫びた。

「自分の親のことを、そういうふうに言うものではないよ」

卿は俺をそうたしなめたあと、「ああ」と納得したような声を上げた。

「もしやそれは日本人がよくする『謙遜《けんそん》』かい？　だとしたらその必要はない。僕は非常に楽しい時間を君の母上と過ごしたよ」

「それならいいのですが」

どうやらタウンゼント卿も母同様、心から楽しんでいたらしい。まあ、俺にはどうでもいいことだが、と内心肩を竦めた俺の耳に、卿の明るい声が響いた。

「君の母上と父上の、運命的な出会いに始まるドラマチックな恋愛のくだりが、もっとも興味深かった。君があの成瀬画伯の息子さんというのにも驚いたよ」

「………はあ…」

成瀬画伯——画家の成瀬清貴《きよたか》は確かに俺の父だったが、画伯などというには勿体《もったい》ない、没後にようやくちらほらと名が売れ始めたという程度の画家だった。絵画の世界によほど精通している者でないと、知らないであろうと思われる父の名をタウンゼント卿が知っていたことを、母はこの上なく喜んだのだった。

『成瀬をご存知ですの?』

『ええ、風景画を一枚、所蔵しております』

タウンゼント卿の答えに母は目を輝かせ、それから長々と父との恋愛話を始めたのだ。

耳にたこができるほど聞かされた話だが、勿論タウンゼント卿にとっては初耳で、興味深くてたまらないといった彼の相槌のおかげで、母は気持ちよく滔々《とうとう》と語り続けることとなった。

『もし成瀬の絵をご所望でしたら、彼の古い友人の息子さんが青山《あおやま》で画廊をしておりますの。そこにはまだ数枚、残っていたかと思います』

絵を持っていると言われたことが余程嬉しかったのか、母はそんなことまで言い、タウンゼント卿は『是非伺います』などと答えていたのだが、俺にとっては父の話題は、卿が名を知っているだけにもっとも続けてほしくない内容だった。

話を変えよう、と俺は昼食の相談でもするかと口を開きかけたが、一瞬早く卿は運転手に

「青山に行きたい」と母から聞いた画商の店の場所を伝えていた。

「いらっしゃるのですか」

「ああ、君の父上の絵が見たい」

俺は行きたくない、と言えるものなら言いたかったが、俺側から拒絶する権利はないのだった。

「もしや君はお父上の影響で絵に興味を持つようになったのかい？」

俺には会話を仕切る権利もない。父の話題は打ち切りたいものであるがそうもできず、俺は「いいえ」と正直なところを短く答えた。

「君は絵を描かないのか？」

「描きません」

「どうして？」

いつまでも会話が『絵画』から移っていかない。苛立ちが募っていたこともあり、俺はかなり乱暴な口調でこう言い捨ててしまっていた。

「才能がないからですよ。父からもよく言われたものです」

「父上が？」

タウンゼント卿が虚を衝かれたように黙り込む。

「ええ、お前には才能がない。アトリエには近づくなと、よく注意されたものです。自分にはどれだけの才能があると思っていたんだか…」

　言わなくてもいいことまで口にしてしまったことを悔いる間もなく、タウンゼント卿がまた、道徳的指導をしかけてくる。

「父上は才能ある画家だった。僕は彼の絵が好きだし、認めてもいるよ」

「死んでから認められる才能など、なんの意味もないでしょう。しかも認められたのはごく局地的なところでのみだ。それで才能があるなどと言われるのなら、画家の八割九割に才能があることになるでしょう」

　どうして俺は、そんなことを言い出してしまったのか、自分でもよくわかっていなかった。タウンゼント卿の言葉には逆らってはいけない、彼の意に背くようなことをして機嫌を損ねてはいけない。そのことは頭に叩き込んでいたというのに、父の名が出たことで、随分と動揺してしまっていたらしかった。

「先ほども言ったろう？　実の親のことを悪《あ》し様に言うものではない。君の父上は大変立派な画家だ。君の母上が家を捨て、父上と共に生きる道を選んだのがその証じゃないか」

「何が家を捨てたです。母は家なんか捨てちゃいなかった」

　その上母親のことまでしたり顔で持ち出されたことで、俺は完璧《かんぺき》に切れた。

「何一つ不自由のない生活を捨て、父上の元に走ったのだろう?」

「捨てたと言いながら母は何も捨てちゃいないんです。もと華族の血筋だということも、幼い頃から家庭教師がついたというかつて裕福だった環境も。そのおかげで私がどれだけ惨めな思いをしたと思うのです」

言葉はもう止まらなかった。何が才能ある画家だ、何がすべてを捨てた運命的な恋だ、と俺は怒りの赴くままに卿に向かって喚《わめ》き散らしていた。

「母親の見栄で入れられたお坊ちゃん学校で、貧しさを理由にどれだけ苛められたことか。少しも絵が売れないことを拗《す》ね、酒ばかり飲んでいた父の存在がどれだけ疎ましかったか。才能のない父も、もと華族というプライドにいつまでもしがみついている母も、私は嫌いだ。あれが実の親かと思うと絶望的になるほど、私は彼らが嫌いです」

「もうよしなさい」

我ながらヒステリックに叫んでいた俺の声を、タウンゼント卿の静かな、だが厳しい声が制した。

「…………」

俺は何を一人で興奮して喋っていたのだ――我に返ったと同時に気まずさに襲われ、命じられたとおり黙り込んだ俺に、タウンゼント卿の視線が注がれる。

「……大変失礼しました」

注意を受けたことに対する詫びを言った俺を、タウンゼント卿は暫くの間無言で見つめていたが、やがて右手を上げてもうわかった、というような素振りをし、ふいと俺とは反対の車窓へと目を向けてしまった。

「……………」

この沈黙にはいかなる意味があるのか――わからない、と思いながら俺も、彼とは反対側の車窓に目を向ける。

平日の昼間、道路は比較的すいていて、目的地のある青山には思いのほか早く到着しそうだった。

画商の渡辺《わたなべ》が――俺にあの事実を教えた彼が、口を滑らさないといいのだが。

新たな心配を胸に抱える俺の脳裏に、酷く嬉しそうにしていた母親の薔薇《ばら》色の頬が蘇る。

そういえば長いこと俺は母に、あんなにも嬉しげな顔をさせたことがなかった――ふと浮かんだ考えに、俺の胸は嫌な感じでどきり、と脈打った。

それがどうした、と意識を切り替えると俺は、このあといかにしてタウンゼント卿から絵を取り上げるかという本来の目的を考えようとしたのだが、思考は散漫になるばかりでいいアイデアは一つとして頭に浮かばなかった。

5

青山《あおやま》にある渡辺《わたなべ》画廊は、母の実家が懇意にしている店だ。十年ほど前に代替わりをしていたが、先代は父の作品を贔屓《ひいき》にしてくれ、何度か個展を開いてくれたという。

先代の頃には画廊としてもなかなか名が通っていたらしいのだが、バブル期に手を出したリトグラフの失敗で、流行《はやり》ものに手を出すからだと評判を下げ、以前ほどの隆盛は取り戻せていないというのが現状である。

現店主の渡辺は、俺とそう年が離れていない。俺とは高校が同窓だったが、重なっていた時期はなく、互いに社会人として向かい合うまで交流はなかった。

渡辺はいきなり現れた金髪の紳士と、彼に連れられてきた俺を見て、たいそう驚いたようだった。

彼の驚きは俺が紹介の労をとり、タウンゼント卿《きょう》の名を告げたときに更に増した様子だった。

「あなたがあの、著名なイギリスの伯爵ですか」

なんでもタウンゼント卿は美術品の蒐集家《しゅうしゅう》の間では有名であるらしい。

「お目にかかれて光栄です。もしもお気に召したものがありましたら、何なりとお申し付けくださいませ」

店内をご案内いたしましょう、と俺には見せたことのないようなへりくだった態度で渡辺がそう言ったとき、

「実は欲しいものがあるのです」

タウンゼント卿はにっこりと微笑《ほほえ》み、先に立とうとした渡辺の足を止めた。

「ご所望のものが？　なんでしょう」

渡辺が満面の笑みで問いかけたのに、タウンゼント卿は俺が、もしや、と案じていた答えを口にした。

「成瀬清貴《なるせきよたか》の絵が欲しいのです。こちらで所蔵していると伺ったもので」

「成瀬清貴ですか。ええ、二枚ございます。どうぞ応接室でお待ちください。すぐお持ちしましょう」

君、と渡辺が女性の店員に合図を送る。恭しい態度で俺たちを店の応接室に案内してくれた彼女の淹《い》れた茶を飲みながら待つこと五分、渡辺が男性店員を従え、五十号ほどの絵を二枚、応接室へと運び入れた。

「どちらも風景画です。これが紅葉を描いた彼の代表作の一つ、こちらは山中湖《やまなかこ》の風景です。栗田口《あわたぐち》家の別荘で描かれたものです。奥様のご実家ですね。晩年の作ですな」

「これは美しい」

タウンゼント卿の口から感嘆の声が漏れる。美しいものかと俺は内心思いながら、出された茶を啜《すす》った。

「奥多摩《おくたま》には成瀬のアトリエがありましてね。確かご家族も皆、暫くそこで暮らしていたんじゃなかったかな、悠貴《ゆうき》さん」

父の話題になど参加したくないというのに、渡辺が話を振ってくる。

「ええ、都内とは思えないような山奥でしたよ」

奥多摩に住んでいたのは俺が小学校に上がるまでのほんの短い間だった。父の遠縁にあたる人物がタダ同然で貸してくれた家で、父は離れをアトリエにしていたのだが、都会育ちの母はすぐにその地に嫌気が差し、俺の小学校入学を理由に三鷹《みたか》に居を移したのだった。

奥多摩の家は他に借り手もなかったとのことで、父はよく絵を描きに籠《こも》りに行っていた。アトリエというのも恥ずかしい掘っ立て小屋だったが、父にとっては聖域だったらしく、家族すら立ち入りを禁じられていた。

唯一入ることを許されていたのが、今目の前にいる渡辺の父親だった。父の絵の最高の理解者だったという渡辺の父には、俺の父も、そして母も随分世話になったのだそうだ。

　そんなことを俺がぼんやりと考えている間に、タウンゼント卿は早くもそれらの絵の購入を決めたらしかった。

「気に入った。いただこう。ホテルに届けてくれるかい」

「あの、どちらの絵でございましょう」

　上機嫌のタウンゼント卿に、渡辺が恐る恐る問いかける。

「勿論《もちろん》両方だ。支払いは小切手でいいかな」

「は、はい。少々お待ちください」

　渡辺が慌てるのも無理のない話で、彼はまだ卿に値段を提示していなかった。

「価格はこちらになります」

　慌てた様子で部屋を飛び出していったあと、渡辺は手書きのインヴォイスを恭しく卿の前に掲げてみせた。

　ちら、と横から覗《のぞ》き込むと、父の絵にしてはやや高値ではないかと思われる値段がついている。そういう狡《こす》い商売をするから評判を落とすのだ、と俺が内心呆《あき》れていることなど知らず、タウンゼント卿はさらさらと言われるままの金額を小切手に記し、ぺり、と破って渡辺に渡した。

「どうもありがとうございます」

「他にも成瀬画伯の絵で入手可能なものがあれば購入したいんだが」

「……」

タウンゼント卿の言葉に俺は、一体どういうつもりなのかと眉を顰《ひそ》めた。

「かしこまりました。知り合いの画廊に確か数枚あったかと思います。すぐ調べてご連絡を入れましょう」

渡辺はすっかり舞い上がっていた。揉《も》み手せんばかりの勢いでそう言うと、連絡先を教えて欲しいと卿に尋ね、卿はホテルの名を答えた。

「それではよろしく頼むよ」

タウンゼント卿が笑顔で応接室を出る。あとに続こうとした俺は、「悠貴」と渡辺に名を呼ばれ振り返った。

「例の絵、今の伯爵が落札したそうだな」

こそ、と耳元に囁《ささや》いてきた彼に、情報が早いなと思いつつ俺は「ああ」と頷《うなず》いた。

「随分お前の親父さんには思い入れがあるようじゃないか。もしかして…」

「いや、偶然だろう。ここに来る前、母の病院に寄ったんだ。そこで父の名が出たからここに来ることになったのさ」

「おふくろさんの病院に？　そりゃまた一体、どういう理由で？　そもそもお前がなぜ、伯爵に同行している？　昨夜が初対面だろう？　いきなり親しくなったのか？」

　重ねられる渡辺の問いには、一つとして答えられるものがない。適当な理由をひねり出さなければと俺が頭を絞りかけたそのとき、

「ユウキ、どうした？」

　部屋を出たはずのタウンゼント卿がひょい、と開いていたドアから顔を覗かせたのに、俺と渡辺は慌てて身体を離し、彼へと笑顔を向けた。

「これは申し訳ありません。お母様のご病状などうかがっていました」

　渡辺が適当なことを言うのに合わせ、俺も彼に声をかける。

「母にも父の絵が売れたことを伝えておきます。さぞ喜ぶことでしょう」

「くれぐれもよろしくお伝えください」

　わざとらしいくらいに、にこやかに言葉を交わし、俺は渡辺に「それじゃ」と別れの挨拶《あいさつ》をして、卿の許へと向かった。

「お待たせしてしまい、大変申し訳ありませんでした」

「いや、かまわない。昼食のあと、君に連れていってもらいたいところができた」

　卿は相変わらず機嫌がよい様子だった。欲しい絵が手に入ったからだろうか――その絵が父

の絵だというのは俺にとってはなかなか複雑な思いがするのだが、機嫌がいいに越したことはない、と思いつつ、俺は彼に、一体どこへ連れていけというのかと行き先を尋ねた。

「奥多摩だ」

「奥多摩？」

まさか、と鸚鵡《おうむ》返した俺に、タウンゼント卿の上機嫌な声が響く。

「ああ、君の父上のアトリエに行ってみたい。あの紅葉の絵はそこで描かれたものなのだろう？」

「……父のアトリエはもう、ないと思います。随分昔の話ですし、私も場所をはっきりとは覚えていません」

画廊のあとはアトリエ——一体タウンゼント卿は何を考えているのかと思う。父の絵を既に所蔵していたというのも驚きだったが、ここにきてまた二枚購入した上に、まだ買おうとしているのはなぜなのか。

余程気に入ったということなのだろうか——だから今見たばかりの絵が描かれた、アトリエを訪ねたくなったと？

彼にとっては父の絵は——父は、それほどの魅力を感じさせる存在だとでもいうのだろうか。

「おりしも今は紅葉の季節だ。アトリエの場所はわからなくてもあの絵のような見事な山の風景を見ることはできるだろう」

「……………」

タウンゼント卿はどうしても奥多摩に連れていかせるつもりらしい。

「そうですね。ちょうど紅葉も見ごろではないでしょうか」

渡辺までもがおべんちゃらよろしく、奥多摩行きを勧めてくる。苦々しい思いがしたが、断ったところでまた『命令だ』と言われるだろうと、俺は渋々彼の言いつりに従い、近くのイタリアンレストランで食事をしたあと、奥多摩へと向かうべくハイヤーの運転手に指示を出した。


奥多摩を離れたのは、俺が五歳の頃のことだ。タウンゼント卿に言ったとおり、場所は殆《ほとん》ど覚えていなかったが、紅葉スポットに向かってくれと指示を出した運転手が山道を車で登ってゆくにつれ、なんとなく記憶が蘇《よみがえ》ってきた。

小学校に上がってからも、何度か母に連れられ、アトリエを訪れたことがあったのかもしれない。さすがに五歳児の記憶がここまで鮮明であるはずはない。

「鍾乳洞《しょうにゅうどう》のあたりでしょうかね。奥多摩湖も紅葉スポットではあるんですが」

運転手が俺に声をかけたとき、俺はぼうっと車窓の景色に見惚《みと》れてしまっていた。

「あ、ああ。確かこの上に、展望台があったと思う」

すっかり忘却の彼方《かなた》に置き去りにされていた、幼い日の記憶がまざまざと蘇ってくる。

展望台で父がスケッチをしていた。母と俺がその様子を離れたベンチからじっと見ている。

『きれいな紅葉ねえ』

母はすぐ退屈してしまったようで、父の背に何度も声をかけていた。そのたびに父が振り返り、ああ、だの、そうか、だの相槌《あいづち》を打つ。

気難しい父ではあったが、母には酷《ひど》く甘かった。答える顔も笑っていて、話しかけられることが、嬉《うれ》しくてたまらないという様子だった。

「……キ、ユウキ」

いつしかまたぼんやりと外の景色に見惚れていた俺は、傍らから声をかけられたことに暫く気づかなかったらしい。身体を揺すられようやく我に返った俺は、

「失礼しました」

慌てて作った笑顔を声の主に——タウンゼント卿に向けた。

「気分でも悪くなったのか？　食事もそれほど進まないようだったが」

「いえ、大丈夫です。間もなく展望台に到着するかと思われます」

彼の言うよう、あまり食欲はなかったが、体調がどうこうというわけではなかった。日頃から両親のことを敢《あ》えて考えまいとしているのに、今日は母の見舞いには行かされるは、父の絵は見させられるは、挙句の果てには父親のかつてのアトリエに案内させられるはと、憂鬱《ゆううつ》な出来事が目白押しでは、食欲も落ちるというものだった。

家族愛という概念は、俺には無縁のものだ。母の見舞いの帰り、激情に駆られてつい零《こぼ》してしまったが、俺は父のことも母のことも、はっきりいって嫌いだった。

父が肝硬変で亡くなったとき、母は悲嘆にくれ泣き叫んだが、既に成人していた俺は父の生活態度から自業自得だとしか思えずにいた。

絵が売れない、と父はアルコールに逃避し、いつもどろんと濁った黄色い目をしていた。殆ど稼ぎのない彼の酒代は、妻の実家の母がこっそりと仕送ってくれた金から出ていたのにもかかわらず、酔うと父は母に当たり散らし、酔いが醒《さ》めると泣いて詫《わ》びていた。

『時代がそのうち追いつく』

画廊の主人の慰めを父は本気で信じていたのか、酔うと必ず『もうすぐ俺の時代が来る』と息巻いた。生きている間に彼の時代は来ず——没してからあとも、『追いつく』というほどのブレイクをするわけでもない父の人生は、惨めとしかいいようがなかった。

俺は違う。実の息子に惨めと思われるような、そんな負け犬人生は送りたくなかった。俺の上昇志向が強いのは、両親への反発が強いからだろう。

俺は父とは違う。少しばかり画家としての名が売れてきたとはいえ、未だに俺にとっては、父は厭わしい存在だった。

その上こんな問題まで起こされては——またも一人の思考にはまりそうになっていた俺は、「つきました」という運転手の声に我に返った。

「降りてみよう」

タウンゼント卿が俺に声をかけたあと、運転手が開けた扉から外へと降りてゆく。

「はい」

ハイヤーは展望台の駐車場に乗り付けていた。もっとも眺望のいい場所へはここから徒歩で登らなくてはならなくて、靴底を泥に取られそうになりながら俺は、すたすたと前を歩くタウンゼント卿のあとについて山道を登っていった。

「おお、素晴らしい」

平日の昼間だからか、まさに紅葉シーズン真っ盛りだというのに、展望台にはぽつぽつとしか人がいなかった。

「あの絵の風景に似ている。父上はここからあの山を見下ろし、見事な紅葉を描かれたのではないか?」

山肌を紅葉の赤と、オレンジ色やら黄色やらに色づく木々の葉が覆っている。木々の間から覗《のぞ》く清いせせらぎの音が遠く響いてくるこの場所はかつて、父がスケッチをしていた場所に間違いなかった。

「さあ、どうでしょう」

遠い記憶が蘇ってきてはいたが、口ではそう答え、俺は目の前に広がる見事な紅葉を見やった。休日も都心から離れることなく、仕事に追われる日々を送ってきたせいか、久々に自然の風景を目にした気がする。

「日本の四季は美しいというが、秋の紅葉はまた格別だね。美しい。本当に美しいよ」

タウンゼント卿は心底この光景に感動しているようだった。外国人皆がそうだとはいわないが、概して彼らは実に感激をストレートに表現する。今まで見せていた堂々とした姿と百八十度違うどこか子供っぽく見える彼の姿に、わかりやすいなとつい笑いそうになっていた俺は、不意に彼が視線を向けてきたのに慌てて頰に浮かんだ笑みを抑え込んだ。

「君の父上もきっと、この美しい紅葉に心揺さぶられたのだろうな。そしてあの素晴らしい絵を描いた」

「……………」

素晴らしい——確かにあの絵は、父の代表作と言われていた。発表したときには殆ど話題にも上らなかったらしいが、今や父の絵といえばあの紅葉の絵が一番に挙げられる。

芸術的センスに欠けている俺には、あの絵が素晴らしい絵なのかどうか、判断がつかない。

相槌の打ちようがなく黙り込んだ俺に、卿は更に言葉を続け、顔を覗き込んできた。

「君の父上は才能溢《あふ》れる画家であったと思う。あの紅葉の絵を見たとき、僕は矢も盾も堪らず彼が絵を描いたという場所に行きたくなった。彼の見た美しい風景を僕も見たい。彼と美を共有したいという気持ちを抑えることができなくなった」

「………」

喋っているうちにまた興奮したのか、タウンゼント卿の目が煌《きらめ》き、白皙《はくせき》の頬が紅潮してくる。紅葉の赤を映したかのような彼の顔は、眼下に広がる眺望よりも尚美しく、俺はいつしか彼の瞳の輝きに見惚れてしまっていた。

「そしてね、ユウキ」

名を呼ばれはっと我に返った俺の頬に、かっと血が上ってゆく。ぽかんと口を開けていた自分が、卿の目にはどう映っていただろうと思うだに、いたたまれないほどの羞恥《しゅうち》を覚え、俯《うつむ》いた俺の耳に、タウンゼント卿の静かな声が響いてきた。

「君にも見せたかった。君の父上が感動したと思われるこの、美しい紅葉を」

タウンゼント卿の手が俺の背に回り、ぐっと肩を抱き寄せられる。

「……何を…」

頬と頬が触れ合うほどに顔を近づけてくる彼に反射的に身を引こうとした俺の目をじっと覗き込み、タウンゼント卿が静かな、だが力強い声で囁いてくる。

「君も美しいと思うだろう？　君にも共有してほしかったんだ。君の父上が感じた美しさを。父上と同じ感性で同じ光景を見てほしかった」

「……思いません。美しいなどと」

堪らず俺はタウンゼント卿の手を振り払い、身体を離した。

「ユウキ」

「私には父と同じ感性などありません。父にはっきり言われましたから。お前には芸術的センスがないと」

「…ユウキ」

タウンゼント卿が俺へと手を伸ばしてくる。

「私はこの光景を美しいとは思わない。父はここで見た紅葉に感動したかもしれないけれど、私は少しも心動かされたりはしません」

「もういい、ユウキ」

まるで何かに急《せ》き立てられでもしているかのように喋り続ける俺の言葉を、タウンゼント卿の静かな声が遮る。

「美しいとは思いません」

また変に興奮してしまった——両親の話題に苛立《いらだ》ちを覚えるのはいつものことだが、通常俺はそれを人に悟られぬよう胸の奥にしまい込むことができていた。今日に限ってなぜ、こうも胸の内を曝《さら》け出すような馬鹿げた言葉を発してしまうのか。取り乱している場合じゃない、と俺はタウンゼント卿に向かい「失礼しました」と頭を下げようとしたのだが、そのとき響いてきたタウンゼント卿の声にまた、激昂《げっこう》してしまった。

「なぜ君は、そんな辛《つら》そうな顔をする？」

「辛そうな顔などしていません」

俺の腕を摑《つか》んできたのを払いのけようとしたが、タウンゼント卿の手は緩まなかった。

「放してください」

腕力では到底かなわないことに苛立ちを覚えつつ、ふいと顔を背けて俯く俺の顔に、タウンゼント卿の痛いほどの視線が注がれているのがわかった。

「放してください」

同じ言葉を繰り返したが、タウンゼント卿の手は俺の腕を摑んだまま、じっと動く気配がない。

立ち尽くす二人の間を肌寒いほどの風が吹き抜け、今更のように俺は摑まれた腕に卿の手の温もりを感じた。

温かな腕——決して感じることのなかった、父の手の温もり。

『お前には絵の才能がない』

きっぱりと言い渡された言葉。欠片《かけら》ほどの愛情も感じなかった、父の酒に濁った目。

「美しくなんかない…」

ぽつり、と言葉が俺の唇から漏れた。

「なに?」

タウンゼント卿が問いかけてきたのに、我知らぬうちに俺は、日本語を呟いてしまったことに気づく。

「……いえ、なんでも……」

一段と強い風が吹きぬけ、足元の色鮮やかな落ち葉が舞い上がる。落ち葉の行く先を目で追う俺の目に、山肌を覆う美しい紅葉が飛び込んできた。

美しい紅葉が——。

「美しくなんかない……」

違う、と首を振った俺の頬を熱い涙が伝った。

何故《なぜ》自分が泣いているのか、まるで理由はわからない。混乱する俺の脳裏には、父の――そして母の顔が浮かんでいた。

まさにこの場所――俺の立っているこの場所で、スケッチをしていた父が、母の呼びかけに振り返り、笑顔を見せる。

『綺麗ね』

『綺麗だ』

抜けるような青空に、二人の楽しげな声が響き渡っていた、在りし日の父の、そして母の姿が、今、まざまざと蘇り、俺の涙腺を刺激する。

「……う……」

嗚咽《おえつ》が込み上げてきて、身体が細かく震え始める。あたかもその震えを押さえようとでもするかのように、タウンゼント卿は俺の腕を握る手にぎゅっと力を込めてきた。

「美しい風景だよ」

ぽつり、とタウンゼント卿が呟く声が、風に乗り、あの日のままの抜けるような青空の彼方へと響いてゆく。

「……美しくなど……ないでしょう…」

なぜか酷く意地になり、否定の言葉を告げた俺に、タウンゼント卿は何も答えず、無言のまま俺の腕を握る手にぐっと力を込めた。

俺の涙が収まった頃に、タウンゼント卿は何事もなかったかのように「帰ろう」と俺の腕を放し、車へと戻っていった。すっかり涙が乾いた頬を指先で擦りながら、俺は彼のあとにつづき、ハイヤーに乗り込んだ。

タウンゼント卿は、今日はもう疲れたからホテルへと戻るといい、俺をほっとさせた。彼以上に俺が疲れ果ててしまっていたからである。

俺が泣いた理由を卿が聞かないことに、内心俺は安堵《あんど》していた。自分でも理解できない原因を、いくら『命令』だからと言われても説明することなどできない。

本当にどうしてしまったのかと思う。こんなにも精神的に不安定になったことなど今までなかったというのに、と一人首を傾《かし》げた俺だが、一昨日からの怒濤《どとう》のような出来事もまた、これまでの俺の人生には一つとして起こりえないことばかりだったかと自嘲《じちょう》した。

全《すべ》てが終わったら、少し休暇を取ろう。南の島かどこかで、何も考えずぼんやり過ごすのもいいだろう。

いや、それより仕事に熱中するか。多忙さは俺に、忘れたいと願っていることをいやでも忘れさせてくれるだろう。

どちらにしろ、早く『終わり』を迎えることだ、と俺は卿の隣で密《ひそ》かに拳《こぶし》を握り締めた。

ホテルに戻るとタウンゼント卿は俺に、話がある、と切り出してきた。

「お話とはなんでしょう」

次の間のソファに座るように言われ、言いつけどおり腰掛けた俺の前に立ち、タウンゼント卿が俺を見下ろしてくる。

「……もう、やめないか」

「……え？」

やや思いつめている顔で問いかけてきたタウンゼント卿の言葉の主語はなんなのか――思い当たったとき俺は、冗談ではないと慌てて彼に取り縋《すが》った。

「ちょっと待ってください。やめるとはどういうことですか」

俺の剣幕に卿は一瞬たじろいだが、すぐに憮然《ぶぜん》とした顔になると俺のもっとも望まない答えを口にした。

「馬鹿馬鹿しいゲームはもう、終わりにしようと言ったんだ」

「困ります、マイロード」

冗談じゃない、と俺は慌てて立ち上がり、タウンゼント卿に縋り付いた。

「もう『マイロード』などと呼ばなくてもいい。ヒューバートと呼んでくれ」

タウンゼント卿が俺の両肩を摑み、再び椅子に座らせようとする。

「そんな一方的な。約束してくださったではないですか」

今更『馬鹿馬鹿しいゲーム』で終わらせてもらっては困る。焦りから俺は我を忘れそうになっていたが、それでも怒りを買ってはならぬという最低限の神経は働いていたらしい。

約束が違うと怒鳴りつけたくなる気持ちをぐっと抑え、丁寧な口調で訴えた俺を、タウンゼント卿は無理やり椅子に座らせると、隣に腰を下ろし、俺の顔を覗き込んできた。

「確かに約束はした。だがこれ以上続けるのは、互いのためにはならない」

「……それはどういう意味ですか」

まさか絵が惜しくなったわけではあるまいな――下世話な想像が頭を擡《もた》げたのを察したのか、タウンゼント卿が心持ちむっとした顔になる。

「君は僕があの絵を譲りたくないがために、ゲームオーバーを切り出しているとでも思っているようだが、それは違う」

「いえ、そのようなことは少しも思っておりませんが」

よくよく人の心を読む男だ、と俺は慌てて首を横に振りながら心の中で舌を巻いていたのだが、逆に俺は卿の心を少しも読み取ることができないでいた。

だからこそ、続く彼の言葉に、俺は困惑のあまり黙り込んでしまったのだが、俺の沈黙は卿の機嫌をますます悪化させたようだった。

「君があの絵を欲しがる真の理由を教えてくれれば、今すぐにでも絵は君に上げよう。我々は昨日からの馬鹿げた関係を清算し、新しく関係を構築し直そうじゃないか」

「…………」

さあ、とタウンゼント卿が俺の目を覗き込んでくる。輝く金色の髪。天井の灯りを受けてきらきらと煌く美しい青い瞳。白皙の頬には微《かす》かに血が上り、うっすらと朱が差した肌は薔薇《ばら》色に輝いてみえる。

綺麗な——一点の穢《けが》れをも感じさせぬ綺麗な彼の容貌。絶対的な美は人をひれ伏させる力がある。

俺も彼の完璧《かんぺき》な美貌の前に、命じられるままに一瞬口を開こうとし——理由など言えるわけがない、と我に返った。

「さあ、ユウキ。話してごらん。どうして君はあの絵が欲しいんだい？」

「…………」

タウンゼント卿の手が、膝に置かれていた俺の手を握り締め、ぐっと顔を近づけてくる。熱いほどの掌《てのひら》の感触が取られた手から全身へと伝わったかのように、頰に血が上り鼓動が速まってきた。

「ユウキ」

タウンゼント卿は辛抱強く、俺が口を開くのを待っていた。ぎゅっと手を握り締め、俺の瞳を見据える彼の目を見返し、彼の望むがままに答えを口にすることは、だが――俺には決してできないことだった。

「……理由は申し上げたとおりです。あの絵を投資に使いたいと…」

俺の答えを聞いたとき、タウンゼント卿の身体が一瞬、びく、と微かに震えた。麗しい顔に浮かんでいた笑みがすうっと引いてゆき、まるで仮面をかぶっているかのような表情のない顔になる。

「………」

そのままタウンゼント卿は暫くの間、何も喋らなかった。俺の手を握っていた彼の手はいつしか離れ、額同士が触れ合うほどであった二人の間に距離が生まれる。

カチカチと時計の秒針の音が鳴り響くだけの室内で、居心地の悪い沈黙に耐えかね、何か喋らなければと俺が口を開きかけたそのとき、

「何があっても君は、やめる気はないと言うんだね」

怒りの籠った卿の声が響き渡った。

「……理由は……申し上げました」

無駄なあがきだとわかっていたが、嘘を言っていないと示すために俺はそう言葉を足した。

タウンゼント卿の眉間の縦皺《たてじわ》が、俺のその言葉にますます深く刻まれてゆく。

「あれが理由だと君が言い張るのであれば、僕もそのつもりで君と接することにしよう」

むっとしたまま卿がそう言い、一人ソファを立ち上がる。

「あの……」

そのまますたすたと、寝室へと歩いていこうとする彼の背に声をかけると、タウンゼント卿は足も止めずに肩越しに俺を振り返った。

「来たまえ。来て君のすべきことをするんだ」

「……かしこまりました。マイロード」

寝室ですべきこと——またあの屈辱的な行為が寝室で俺を待っている。ソファから立ち上がり、卿のあとに続こうと踏み出した俺の足は、細かく震えてしまっていた。

「……？」

足だけでなく、身体全体が震え始め、鼓動がやけに速まってくる。頬に血まで上ってきてしまい、一体どうしたことだと俺は自分の身体の変化に戸惑いを覚えて足を止めた。

大きく開いた扉の中へと足を踏み入れていった。

「いえ……」

なんでもありません、と俺は慌てて歩調を速め、振り返って寝室のドアへと到着した彼が大きく開いた扉の中へと足を踏み入れていった。


「服を脱いで」

バタン、と扉が閉まる音と共に、苛立ちを隠し切れないタウンゼント卿の声が響いてくる。

「かしこまりました。マイロード」

返事をし、上着を脱ぎ始めた俺の胸はなぜか酷く高鳴り始め、タイを解く指先はぶるぶると震えてしまっていた。

背後ではタウンゼント卿が脱衣をする音がしている。その音がますます俺の鼓動を速め、頬に血を上らせていった。

「愚図《ぐず》だね」

カフスを取るのに手間取っていた俺はすぐ背後で声がしたのに、はっとして振り返ろうとした。が、そのときには身体を抱えられ、ベッドへと放られてしまっていた。

「あの…っ」

「主よりも脱衣の遅い奴隷などいやしないよ」

　タウンゼント卿が乱暴な仕草で俺のベルトを外し、下着ごとスラックスを足首から引き抜いた。

　シャツはまだ脱ぎ切っていなかったが、前のボタンは全て外していた。タウンゼント卿がシャツを摑んで俺の胸を露《あら》わにし、いきなり顔を埋めてきた。

「…あっ……」

　胸の突起を強く吸われたのに、思わぬ声が漏れてしまい、俺はぎょっとし思わず両手で己の口を塞いでしまったのだが、途端に卿が俺の胸から顔を上げ、信じられない指示を俺に与えた。

「いい声じゃないか。抑えるなどもってのほかだ。手を退けなさい」

「………え……」

　まさかそのような命令を下されるとは思わず、唖然《あぜん》とした俺の胸の突起をタウンゼント卿が今度は指先で摘み上げる。

「……っ……」

　びく、と身体が震え、またも微かな声を漏らしそうになった俺は、堪らず唇を押さえる手に力を込めたのだが、そのとき意地の悪い卿の声が響いた。

「手を退けなさい。これは命令だよ、ユウキ」

「……っ……かしこまりました」

命令と言われてしまえば従うしかない。俺は恐る恐る手を退け、従順であることを示そうと身体の脇へと下ろした。

「それでいい」

タウンゼント卿が目を細めて笑い、再び俺の胸に顔を伏せる。

「……っ……くっ……」

片胸の突起を唇で、もう片方を指先で刺激され、またも声を漏らしそうになった俺が唇を噛《か》んだのに、再び卿が顔を上げた。

「声を我慢することも許さない。奴隷には恥じ入るなどという権利はないのだからね」

「……も、申し訳ありません…っ」

不機嫌そうな卿の声に、条件反射で謝ってしまいはしたが、酷いことを言う、と俺は天を仰いだ。

なぜだか卿は酷く俺に腹を立てている。見せしめとして俺の自尊心をずたずたに切り裂くつもりのようだ。

俺は選択を誤ったのだろうか——いかにも馬鹿にした目で見やり、胸を舐《ねぶ》り始めた卿の、揺れる金髪を眺める俺の頭にふとその考えが浮かぶ。

「やっ……」

だが思考は長くは続かなかった。タウンゼント卿の舌が俺の胸の突起を転がし、勃《た》ち上がったそれに軽く歯を立てられる。

「ん……っ……んふっ……」

もう片方を彼の繊細な指先が痛いくらいの強さで摘み上げ、きゅ、きゅ、と断続的に捻《ひね》ってくる。両胸に与えられる愛撫《あいぶ》に、あっという間に俺の息は上がり、早鐘のように打つ心臓が大量に送り出す血液のせいで、頭がぼうっとなってきた。

「あっ……はぁっ……あっ……」

男の胸に——自分の胸に性感帯があることなど、今の今まで俺は認識したことがなかった。ぷくっと勃ち上がったそれを、舐られ、吸われ、摘まれ、擦られる快感に、俺はいつしか高く声を上げ始めてしまっていた。

「あぁっ……」

胸を弄《いじ》っていた卿の手が腹を滑り、既に勃ちかけていた俺の雄を握り締める。そのまま一気に扱《しご》き上げられ、堪らず背を仰《の》け反らせた俺は、卿が身体をずりさげ今度は俺の下肢に顔を埋めてきたのに、ぎょっとし、半身を起こそうとした。

「あの…っ」

握り締めた俺の雄の先端を、今まさに咥《くわ》えようとしていた卿が、なんだ、というように眉を顰めて俺を見上げる。

「言ったろう？　君に恥らう権利はないと」

「い、いえ、マイロード、そうではなく…っ」

卿に咥えさせられることはあっても、卿が俺のものを咥えはしないだろう――奴隷が主になすべきことを、主が奴隷にしようとしている、不自然なその図式に戸惑いの声を上げた俺に、タウンゼント卿は冷たくこう言い放った。

「君は黙って僕にされるがままになっているがいい。誰でもない、君がそれを選んだのだからね」

「……わ、わかりました…」

取り付く島がない彼の言葉に、俺は反論を引っ込め、諦めて背をベッドへと戻した。

できるだけ自身の下肢を見ないよう、仰向けに寝てじっと天井を見上げる。

「あっ……」

タウンゼント卿が鈴口を固い舌先で割り、零《こぼ》れ落ちる先走りの液を音を立てて啜っている。

彼の手の中で僕の雄は、得たこともない快感にびくん、と大きく震え、唇からは高い声が漏れてしまった。

「そういえば君は、口でされたことがないのだったね。どうだい？　初めて体感するフェラチオは」

くすり、と意地の悪い笑いを漏らし、タウンゼント卿が俺に声をかけてくる。

「…どう…とは……？」

何を答えればいいのだ、と、天井を見上げたまま問いかけた俺に、タウンゼント卿の冷たい声が響いた。

「こちらを見なさい」

「はい……」

見たくもない光景ではあるが、見ろと言われてしまえば見ざるを得ない。俺はおずおずと視線を卿の声のほうへと下ろし——大きく開いた脚の間、勃ち切った俺を握る彼の姿に、込み上げる羞恥からまた目を逸《そ》らしそうになった。

「見なさいと言っただろう？」

だが一瞬早くそれを見抜いたタウンゼント卿に注意を施され、仕方なく視線を戻す。

「『どうだい』というのは、どんな感覚を得ているのか、それを教えてほしいという意味だ」

俺の視線を捉《とら》えたことを察した卿がまた、意地の悪い笑みを浮かべたかと思うと、ゆっくりと俺の雄の先端に唇を寄せてゆく。

「こうして先のほうを舐められるのは、どういう気持ちかな?」

言いながら卿が、長く出した舌先で、亀頭の部分をゆっくりと舐り始める。

「あっ……」

ざわりとした刺激に身体を捩《よじ》り、声を上げた俺の耳に、卿の歌うような声が聞こえた。

「『あ』ではわからない。言葉にして僕に伝えてくれ」

「こ、言葉……っ…」

どこまで人を辱めれば気が済むのだ――エスカレートする卿の要求に、すべてを諦めただ指示に従おうと心を決めたはずの俺の胸に、不当な扱いを怒る気持ちが湧き起こる。

「そうだ、言葉だ。君は今、どんな状態にいるんだい?」

そう告げた次の瞬間、タウンゼント卿の指が俺の雄の竿を一気に扱き上げ、先端にきつく彼の舌が絡んできた。

「あっ……はぁっ……あっ……」

一気に快楽の階段を駆け上ることになった俺の頭から、一瞬にして卿の指示は飛んでしまった。だが卿が俺を咥えたままちらと目を上げ睨《にら》んできたのに、上がる息の下、言葉か、と俺は必死で、彼の指示どおり、今の俺の状態を喋り始めた。

「感じる……っ……あっ……からだが……っ…からだが、熱い……っ」

「それから？」

卿が一瞬俺を口から離し、ぺろり、と先端を舐め上げる。

「あっ……」

赤い舌先が、盛り上がる先走りの液を舐め取ってゆく。目に映る光景と、雄に感じる直接的な刺激が、俺を快楽の淵《ふち》へと追い落とし、当然抱くはずの羞恥の心を忘れさせていた。

「それから、どう感じる？」

頭の中で、バリトンの美声の問いかけが、ぐるぐると渦巻いている。

「……いきそう……っ……あっ……もうっ……もう、我慢できない…っ」

卿がちゅばちゅばと音を立てて俺の雄を口の中に出し入れし始める。固くした唇が竿を上下するその感覚に、睾丸《こうがん》を繊細な指で揉みしだかれるその刺激に、我を忘れ俺は、自分でも意味のわからない言葉を叫び始めてしまっていた。

「いく……っ……ああっ……もうっ……もうっ……出るっ……」

もう駄目だ――自分が口にしたとおり、もう我慢できないと大きく背を仰け反らせた俺が、達してしまいそうになったそのとき、

「う…っ」

濡《ぬ》れた指先が竿を伝って後ろへと回り、つぷ、と後孔に先端が挿入されたのに違和感を覚え、

俺は達するタイミングを逸してしまった。

「力を抜いて」

自然と強張《こわば》ってしまっていた身体は、卿に鈴口を舐られ、ふっと力が抜けた。

「あっ……」

その隙《すき》をのがすまじ、とばかりに卿の指がぐっと奥まで挿《はい》ってきた。そのままゆっくりと中をかき回す指の動きが、ぞわぞわとした何かよくわからない感覚を呼び起こし、悪寒に良く似た感覚が俺の背を這《は》い上る。

「あっ……やめ…っ……」

卿の指が、後ろの入り口近くにある、コリッとした何かに触れたとき、ぞわりとした『何か』ははっきりと『快感』という姿を持ち、俺の前へと現れた。

「……あぁっ……なんだか……っ……なんだか…っ…変っ……」

後ろを弄られるうち、再び押し寄せてきていた快楽の波に浚《さら》われ、意識も朦朧《もうろう》としていたが、不思議と卿の命令だけは頭に残っていて、俺は逐一自身の感じる快楽の大きさを、言葉で卿に伝えようとしていた。

「後ろが……っ……後ろが…っ……ひくひくと……っ……」

最初は確かめるように触れていた卿の指は今、俺の中を乱暴なくらいの強さでかき回していた。最初は一本、次に二本、と丹念に、慎重なほどじっくりと俺の後ろを解していた指が、ついに三本になる。

「やっ……壊れるっ……あっ……あっ……あぁっ……」

昨夜も俺の後孔は物凄い熱を持ち、ひくひくと蠢《うごめ》いていたが、それはすべてあの、うさんくさい『媚薬《びやく》』の効用だと思っていた。薬も何もなく、自分の身体が熱く震え、後ろが激しく収縮する、その反応に俺は戸惑い、軽いパニックに陥ってしまっていたのかもしれない。

「あっ……あぁっ……助けて……っ……助けてくれっ……」

何から、という意識も、どのようにして、という方法もまるで考えてはいなかった。ただただ俺は、思いもかけない反応を見せる身体をなんとか正常に戻したいと思ってしまっていた。

「あっ……」

後ろを弄っていた指が一気に抜かれ、その指が俺の太腿《ふともも》を摑む。もう片方の彼の手も俺の脚にかかり、両脚を広げたまま高く腰を上げさせられ、ひくつく後孔が寝室の灯りの下に露わにされた。

「やっ……」

羞恥の念は大分どこぞに置き忘れてはいたが、全て捨て去ることはできなかったようだ。恥ずかしい姿勢をとらされていることに、堪らず俺は身体を捩り、卿の腕を逃れようとしたのだが、そのときずぶり、とそこに彼の太い雄が捩《ね》じ込まれてきた。

「あぁっ……」

散々慣らされたそこに、卿の雄はずぶずぶと面白いように飲み込まれてゆく。ぴた、と互いの下肢と下肢が合わさるほど深く自身を埋め込んだ卿は、

「大丈夫?」

とあまりに優しげな声で問いかけたあと、何が大丈夫で何が大丈夫ではないのか、自分ではよくわからず首を傾《かし》げた俺に苦笑を漏らすと、汗で滑るせいか俺の両脚を抱え直した。

「あっ…」

身体が微かに上下に揺れたとき、太い楔《くさび》を打ち込まれたのと同じ状態になっていた俺の後ろが、ぴく、と微かに反応した。

「……ほう」

タウンゼント卿にもその震動は伝わったようで、感嘆の声を漏らしたあと、また俺に問いかけてきた。

「動いてもいいかい?」

「わからな……っ……あっ……」

許可を求められていることはわかったが、イエスともノーとも答えることができなかった。

問いかけるのに卿が俺に覆いかぶさってくる、その動きに彼の雄がまた一段と俺の奥を抉り、込み上げてくる快感に言葉を奪われてしまったのだ。

「大丈夫そうだね」

くす、とタウンゼント卿が笑う声が頭の上で響くのを、確かに聞いたと思った次の瞬間、激しい律動が始まり、俺の意識は滾るような快感の海に今度こそ飲み込まれていった。

「あっ……はぁっ……あっあっあっ」

タウンゼント卿の雄が俺の奥深いところにリズミカルに突き立てられる。目から火花が散る、という言葉は単なる比喩《ひゆ》かと思っていたが、彼が俺の奥深いところを抉るたびに、ぎゅっと閉じた目の奥ではまさに極彩色の火花が舞い散り、あっという間に俺は快楽の絶頂へと駆り立てられていった。

「あっ……あぁっ……あっあっあぁっ……」

かさのはった部分が俺の内壁を抉るのに、俺の雄はびくびくと震え、今にも達してしまいそうに熱く震えている。延々と続く力強い突き上げを受け止めていることが次第に困難になってきたのを察したのか、卿がわかったというように頷くと、俺の片脚を離し、その手で俺の雄を握り締めた。

「あぁっ」

一気に扱き上げられたのに、我慢できずに俺は達し、彼の手の中に白濁した液を飛ばしていた。

「…くっ…」

射精を受け、後ろが激しく収縮したのと同時にタウンゼント卿も達したようで、頭の上で抑えた声が響き、ずしりとした重さを中に感じた。

「………ユウキ…」

ひく、ひく、と未だに蠢き続けている後ろを持て余しながらも、はあはあと乱れる息を整えようとしていた俺に、卿がゆっくりと覆いかぶさってくる。つながったところからどろりとした生暖かいものが溢れ、肌を伝ってシーツへと流れ落ちたのに、また俺の後ろはひくり、と蠢き、挿《はい》ったままの卿の雄にまとわりついた。

「……ユウキ…」

煌めく青い瞳がゆっくりと俺へと近づいてくる。金色の髪。紅《あか》く色づく形のいい唇。紅潮した頬――神々しいほどの美しさに見惚れる俺の口から、呼び慣れた彼への呼称が零れた。

「マイロード…」

途端にぴたり、とタウンゼント卿の動きが止まる。微笑みに細められていた青い瞳がすっと伏せられたと思ったときには、卿は身体を起こしていた。

「…え?」

再び俺の両脚を抱え上げる卿が、ゆっくりと腰を前後し始める。まさかもう、と思う間もなく俺の後ろで彼の雄は質感を取り戻してゆき、抜き差しの速度が上がっていった。

「ま…っ……待ってくださ…っ」

まだ息も整っていないのに、インターバルもなしに二度目の行為へと進んでゆく卿に、俺は思わず泣きを入れた。胸の鼓動が速まり始め、息苦しさすら覚えてきてしまっていたからだ。

だが卿はちらと俺を見下ろしただけで動きを止めようとはしなかった。ただ己の欲情を吐き出すことしか頭にないように、厳しい顔のまま黙々と腰を打ち付けてくる。

「もう…っ」

待ってほしい、と訴えたはずの俺の身体にもまた、新たな欲情の焔が立ち上りつつあった。苦しさと快楽は紙一重なのか、俺の雄も急速に固さを取り戻していき、喘《あえ》ぎがますます呼吸を困難にする。

「あっ……はぁっ……あっ」

頭の中が真っ白になり、何も考えられなくなる。またも快楽の波に翻弄《ほんろう》されていきながら俺はただただ高く喘ぎ続け、卿と共に二度目の絶頂を迎えたと同時に気を失ってしまったようだった。

「……ん……」

遠くに聞き覚えのある携帯の着信音が響いている。誰からだろう、と目を開いた俺は、そのとき自分がどこにいるか、はっきり把握していなかった。

広々とした寝室のカーテンは小さく開かれ、外の光が差し込んでいる。もう朝なのか、と愕《がく》然《ぜん》としつつ、次第に思考力が戻ってきて、俺は今自分がどこにいるのかをようやく理解した。

「……あ」

いつの間にかぐっすりと寝入ってしまっていたらしい。昨夜の行為のいちいちが頭に浮かんでくるのにいたたまれない思いを抱きながらも、未だに鳴り続けている携帯の音が俺をベッドから起こさせた。

倦怠《けんたい》感の残る身体をだましながら音のほうへと近づいてゆく。床に脱ぎ捨てたままのスーツの内ポケットから携帯を取り出しディスプレイを見たが、見覚えのある番号ではなかった。

「もしもし」

誰からだろう、と思いながら電話に出た俺の耳に、聞き覚えがあるようでないような英語が響いてくる。

『ユウキ・ナルセか？』

「はい、そうですが」

立っているのも困難なほど消耗し切っていた俺は、再びベッドに腰を下ろしながら、一体誰だと声の主に頭を巡らせたのだが、答えはすぐ得られることとなった。

『リドワーンだ。覚えているか？』

「え？」

リドワーン王子——忘れるにはインパクトが強すぎる彼の存在感を思い起こしながら、俺は勿論覚えていると答えたのだが、なぜ俺の携帯番号など知っているのかという疑問を覚えた。

「あの、この番号はどこから…」

『ミスター藤菱《ふじびし》に聞いた。お前と至急で連絡をとりたかったのだ』

「ああ……」

誠一《せいいち》ならリドワーンが教えろと言えば教えるだろう。しかし『至急の用件』とはなんなのだろうと首を傾げた俺の耳に、王子のどこか心地よさを感じる、だが傲慢な声が響いてきた。

『私はあの絵を手に入れた』

「……え？」

あの絵――彼の示す『絵』はあの、マーロンの風景画に違いないが、手に入れたとはどういうことだろう、と俺は思わず戸惑いの声を上げていた。

卿が手放したというのだろうか。しかしいつの間に、と思っていた俺の耳に再び王子の心地よい声が響いてくる。

『だが私が手に入れたのは本物のマーロンだがな』

「……っ」

声の心地よさを裏切る衝撃的な内容に、俺は絶句し電話を握り締めた。

『今すぐ会いたい。滞在しているホテルまで来るように』

電話越しの王子の声が、頭の中でわんわんと反響して響いている。

『ホテルの名と場所を教えよう』

王子の声に慌てて俺はメモを探し周囲を見渡したのだが、そのとき目に飛び込んできた壁の鏡に映る俺の顔は真っ青だった。

『いいか？　東京《とうきよう》駅近くの……』

できたばかりの高級ホテルの名と部屋番号を、枕元にあったメモ帳に慌てて書き記す俺の手はぶるぶると震えていた。

『それでは待っている』

できるだけ早く来るようにと王子は最後にそう命じ、電話を切った。

「……………」

ツーツーという発信音しか聞こえないというのに、俺は電話を切ることも忘れ、呆然《ぼうぜん》と自分の書いた歪《ゆが》んだ文字を見つめていた。

恐れていたことがついに起ころうとしている——だが絶望感に打ちひしがれている暇はなかった。

できるだけ早くという王子の言葉に従うべく、俺は電話を切って立ち上がる。

彼とこれから交わされる会話を思うと、支度をする動きも鈍ったが、そんなことを言っている場合ではなかった。

シャワーを浴び、服を身につける間も、焦りばかり先に立ってなかなか思考がまとまらない。その場にいない卿の行方《ゆくえ》を推し量る気持ちの余裕すらなかった。

身づくろいを整えたあと俺はホテルを飛び出したのだが、タクシーに乗り込んでからようやく、メモのひとつも残してくるべきだったかと気づいた。

「……………」

混乱する俺の脳裏に、タウンゼント卿の青い瞳が浮かんでくる。

いきなり姿を消した俺を、彼は心配するだろうか——ぼんやりとそんなことを考えてしまっていた俺は、今はそれどころではないと我に返り、必死で今後の対応について頭を絞り始めた。なんとしてでも隠蔽《いんぺい》しなければならない事実が今、白日のもとに暴かれようとしている。なんとか食い止める手立てはないものかと必死で考えを巡らそうとしても、なぜか卿の青い瞳が脳裏に浮かび、俺の思考を妨げる。

しっかりしろ、と己を叱咤《しった》し、焦る思いのままにドアのガラスを叩いた俺に、運転手が「どうしました」と問いかけてくる。

「すみません……できるだけ急いでください」

早く来いと言った王子の指示に従わねばならないとわかってはいたが、未だ俺の考えは少しもまとまっていなかった。

一体これからどうするべきか——混沌《こんとん》とした思考を持て余す俺を乗せたタクシーは指示どおりにスピードを上げ、一路王子の待つホテルへと向かい首都を疾走していった。

6

英国貴族の定宿は格式のある老舗《しにせ》ホテルだったが、アラブの王族が選んだ宿は、最近東京駅近くにできたばかりの、宿泊費が普通のツインでも十万近くするという超高級ホテルだった。

勿論王子が通常のツインなど予約するわけもなく、下手すると宿泊費は一泊七桁《けた》いくのではないかと思われる最上階のロイヤルスイートを、同行した使用人の部屋も含めてフロアごとリザーブしていた。

「よく来た」

フロントで部屋を訪ねると、やはり支配人が自ら飛んできて、俺をリドワーン王子の許へと案内した。豪奢《ごうしゃ》という言葉が実に相応《ふさわ》しい広々としたリビングに通された俺を、王子は両手を広げて歓待した。

「……あの……」

今日も王子は黒いアラブ服を、カフィーヤというスカーフと共に身につけていた。裾や袖口には金糸で、決して小さいとはいえないルビーやサファイアが縫い付けてある。

オークションのときの金糸銀糸を織り込んだ衣装も豪華だったが、今日の王子の装いもまた、素晴らしく金がかかったものと思われた。だがさすがは一国の王子、決して服に着られることなく、堂々とその総額数千万と思われる服を着こなしている。

これぞ世界のセレブリティと呼ばれる人々の風格なのだろう、と思いながらも俺の目は王子の姿を通り抜け、室内を見回してしまっていた。

「美しい黒い瞳の持ち主、成瀬悠貴。ユウキという名はお前の美しい容姿に相応しい、美しい名だ」

世辞にしても限度があるというような美辞麗句を並べ立てた王子が、俺に来い、というように一段と大きく手を広げる。

「リドワーン王子にはご機嫌麗しく…」

資本金億だの兆だのの、一流企業のトップを相手にするのは日常茶飯事であったが、圧倒的な品格を誇る、いわゆる身分の高い人と向かい合ったことが俺には殆《ほとん》どなかった。

こういう場合、やはり時候の挨拶から入るべきだろうかと頭を下げると、

「早くこちらへ来るがよい」

王子が求めていたのは表敬の挨拶ではなかったようで、微笑みながらも、強い口調で俺に傍《そば》

に来るように命じた。逆らえば機嫌を損ねかねない、と俺は真っ直ぐに王子の前へと歩み寄り、三十センチほど離れた場所で立ち止まった。

「お電話いただいた件ですが…」

日本人の感覚からいうと、三十センチという幅は対話するには少々近すぎる距離だ。だがアラブの王子にとってはまだ遠かったようで、一歩俺へと歩み寄ると、両肩に手を置き、じっと顔を見下ろしてきた。

「先ほどからユウキがきょろきょろしているのは、あの絵を探しているのだろう？」

額と額がつくほどに顔を近づけ、王子が俺に囁いてくる。

「……ええ……」

ここへ来るまでの車中俺は、いかに商談を進めるべきかを考えてみたのだが、一つとしていい案は浮かばなかった。

すべてをうやむやにできるのであればそれが最も望ましいが、王子がそれほど抜けているとは思えない。

だがまさか、すべてを摑んではいないだろうと、俺はまず彼から話をさせて手の内を探ることにした。

「正直驚いた。似た絵があればプレゼントしたいと、それで探していたのだが、まさかあの絵そのものを入手できるとは思わなかった」

「……お電話をいただいたときにも申し上げようと思ったのですが、お話の意味がよく……」

わかりません、ととぼけようとした俺の肩を摑む王子の手にぐっと力が込められる。

「わからない、ということはないだろう？　私こそお前の気持ちがわからない。お前はマーロンを欲しがっていたのか？　それともお前が欲しかったのは贋作《がんさく》の方なのか？」

「………」

贋作――もうリドワーン王子はすべてを知っているのだ、と察したと同時に比喩ではなく目の前が真っ暗になった。

ショックが軽い貧血を呼び起こしたのだろう。よろり、と足元がおぼつかなくなった俺の肩を、

「危ない」

とリドワーン王子が摑む。

「大丈夫か？　真っ青だ」

座りなさい、と王子が俺をソファへと導き腰を下ろさせた。

「すみません」

「謝ることはない。今、水を持ってこさせよう」

王子はそう言うと俺の傍から少し離れ、「カスィーム」と声を上げた。

「お呼びでしょうか」

ドアが開いた気配がしたが、振り返ることはできなかった。両手に顔を伏せ、ぐらつく頭を支えながら、なんとか打開策はないものかと必死で頭を巡らせるのだが、何一つとしていい考えは浮かばない。

「水を」

「かしこまりました」

距離的にはごく近いところで交わされている王子とカスィームの会話が、ひどく遠いところで響いている。

王子はどこまで突き止めたのだろうか。あのマーロンが贋作という事実までか？　偽物の絵を描いたのがどこの誰かということも、彼は突き止めてしまったのだろうか。

なんとしてでも隠蔽したかった贋作者の名を――。

「ほら、水だ。飲むがよい」

コップの冷たさを手の甲に感じ、俺はおずおずと顔を上げた。貧血の症状はだいぶ治まってはいたが、それでもまだ俺の顔は青いままだったのだろう。

「大丈夫か？」

コップを俺へと差し出しながら、王子が心配そうな顔で尋ねてくる。

「…はい、大丈夫です」

落ち着け、と俺は自身に言い聞かせ、なんとか作った笑顔を王子へと向けた。まずは彼の出方を待つ。あのマーロンが贋作だと公表されることだけは、何があっても避けなければならない。

公表されれば、贋作を描いたのが誰かと追及されるやもしれない。贋作者の名だけはなんとしてでも隠しとおしたい——そのために俺は、タウンゼント卿に隷属を誓い、身体まで投げ出したのである。

俺が自尊心をかなぐり捨ててでも隠したかった贋作者の名は、成瀬清貴——没してようやく名が売れるようになった、俺の父だった。

父にマーロンの絵の贋作をしてほしいという依頼は、画廊の渡辺の父親から舞い込んだものだったそうだ。雰囲気や色使いがもともとマーロンと通じるところがあると渡辺は見ていたようで、彼の画廊にあるマーロンに、二組の客から同時にオファーが来たため贋作を描かせることを思いついたという話だった。当時渡辺の画廊も相当経営難に陥っていたらしい。

父がマーロンの贋作をしたのは、後にも先にもあの一枚きりだった。あまりの出来栄えの完璧さに、渡辺はその後も何度も依頼したのだが、父は罪悪感に苛《さいな》まれ、暫くの間、絵筆を握ることすらできなくなったのだという。

そのことを俺に教えてくれたのは、渡辺画廊の現店主だった。父親の遺品の整理をしていたとき、書棚に隠されていた古い日記を発見したそうで、中に贋作のくだりがあったという。

「どうする？　このことが世間に知られれば、君のお父さんの名は地に落ちるぜ。それどころか君だって、贋作者の息子の汚名を着せられる」

渡辺の話を聞いたとき、俺はあまりに愚昧《ぐまい》な父の行動に眩暈《めまい》を覚えた。没してようやく名が売れた父ではあったが、贋作をしたことが世間に知られれば、今までの数倍、否、数十倍彼の名はその不名誉な行為とともに、広く世間に知られることになろう。

公に父親の名を出したことこそなかったが、渡辺の言うように父親が贋作者であることが知られれば、俺の信用にも傷がつく。なんとしてでもその絵を回収したいと、俺は渡辺に費用はいくらでも出すと言い絵の行方を探させた。

渡辺の父の日記によると、本物は当時日本に駐在していたフランス人の外交官に、父の描いた偽物は山梨《やまなし》のさる旧家に、それぞれ売却したとのことだった。なんとかその旧家の主に絵を譲ってもらえないかと、その交渉も渡辺に任そうとしていた矢先、一足先にその主が絵を、藤菱のオークションにかけるという情報が入ってきたのだ。

それで俺はオークションに参加させてほしいと藤菱に頼み込み、相場の三倍の金を用意して当日臨んだのだが、思いもかけない高値でタウンゼント卿に落札されてしまった。

タウンゼント卿からあの絵を譲り受けるのは困難極まりないことと思われたが、それでもなんとかあの絵を手に入れ、廃棄することで父の贋作を闇に葬ろうとしていたというのに、ここにきて『本物のマーロン』の存在を知る——どころか、入手した人物が現れた。

その口をどうやって塞ぐべきか、と俺は必死で頭を巡らせながら、俺に向かい微笑みかけてくる男の——アラブの王子、リドワーンの顔を見返していた。

「気分はどうだ?」

「ありがとうございます。随分落ち着きました」

答えたとおり、貧血の症状は殆ど収まっていた。

「それはよかった」

リドワーン王子がにっこりと、心底安堵《あんど》したように微笑んでくる。

「水はもういらないというのなら受け取るぞ」

俺に持たせたコップへと手を伸ばしてきた王子に、

「めっそうもありません」

俺は慌てて首を横に振ると、隣に座っていた王子に背を向け、自分でそれをサイドテーブルへと置こうとした。

「あの…」

コップを離した途端、後ろから伸びてきた王子に手首を握られ、ぎょっとして振り返った俺の胴へと、王子のもう片方の手が回る。

「気分がよくなったのなら、交渉といきたい。どうだ?」

背後から俺を抱きかかえるような姿勢の王子が、肩越しに俺の顔を覗き込む。

「交渉、と仰いますと」

先手先手を打ってくる王子に、押されていては負けだ、と俺は落ち着こうとまず大きく息を吐き、ゆっくりと彼に問い返した。

「お前が欲しがっていたあの絵。あの絵を譲ろう」

「………」

譲ると言われても、と一瞬答えが遅れた俺を見て、王子がにこ、と白い歯を見せて笑う。

「あまり嬉しそうではないな」

「いえ、もったいないお話に恐縮しております」

本物のマーロンを手に入れたところで、タウンゼント卿が偽物を所有しているという事実に変わりはない。それが偽物であることがわかったので、本物と交換してほしい、などと申し出れば即、大問題に発展するだろう。

あの絵の売買の場となった藤菱オークションにクレームがいけば、誠一は躍起になって真実を突き止めようとするに違いない。

絵の販売経路を辿《たど》られれば渡辺画廊の存在などすぐに知られるだろうし、そこから父の名が出ることはまず、避けようがない。そのようなことになっては元も子もない、などと考えていることなどおくびにも出さず、俺は愛想笑いを浮かべながら王子に答えたのだが、続く彼の言葉には驚きのあまり、表情を取り繕うことも忘れて大きな声を上げていた。

「それならあの本物とタウンゼント卿の許にある偽物を、すりかえてあげようと言ったらどうだ?」

「なんですって?」

驚きの声を上げた俺に、王子は満足げに微笑むと、俺の身体を抱く手にぎゅっと力を込めてきた。

「調べさせたところ、卿は絵を宿泊先のホテルの金庫に保管させているという。ホテルも信用問題に関わるだろうから、滅多なことでは金庫の鍵《かぎ》など開けないだろうが、なんにでも例外はある」

「……例外……」

今や会話は完全に王子のペースとなっていた。彼の言葉を繰り返すことしかできない俺に、王子がそっと顔を寄せ囁いてくる。

「ホテルを買収すればいい」

「そんな馬鹿な」

思わず叫んでしまったが、王子は俺の暴言を高く笑って流した。

「馬鹿ではない。私には可能だ。現に交渉を始めてもいる」

「ええ？」

そんな――信じられない、と目を見開く俺の視界いっぱいに、焦点が合わぬほどに近づけられた王子の黒い瞳が見える。

「先方はなかなかに乗り気だ。どうだ？　ユウキ。お前が私に一言、『ＹＥＳ』と言いさえすれば、すべてがお前の望むままになる」

「………」

何に、と言うより前に、王子の片手が俺の頬に添えられ、彼の方へと顔を向けさせられた。

「条件はただ一つ。私のものになれ」

「……」

まだ彼は諦めていなかったのか——内容は半ば予測していたが、まさか当たるとは思わなかった、とこんな場合であるのに俺はどこか呆れてしまいながら、じっと瞳を覗き込んでくるリドワーン王子を見返していた。

ホテルを買収するにはそれこそ数百億の金が必要なのではないかと思う。その金をこの王子は、俺を抱くためにぽん、と出すつもりだというのである。

信じられない——価値判断はそれこそ人によって違うのかもしれないが、いくら彼が石油で潤うアラブの国の王子であり、桁外れの大金持ちだとはいえ、俺ごときにそんな大金を使うとは、とても信じられたものではなかった。

だが現に彼は、本物のマーロンを手に入れ、ホテルと交渉に入っているという。彼の手を借りさえすれば、タウンゼント卿の手から偽物の絵を取り戻すことができ、父の贋作は世に広まることはない——否、『借りさえすれば』ではなく『借りない限りは』だろう、と思ったときには、俺の首は縦に振られていた。

「それがお前の返事か？」

王子の弾んだ声がし、彼の煌く黒い瞳が一段と俺へと近づいてくる。

「はい」

「そうか」

はっきりと肯定の意を示した俺に、王子は明るく答えると、俺を抱えるような姿勢のままソファから立ち上がった。

「……っ」

一緒に立つことになった俺を王子は軽々と抱き上げ、目を細めて微笑み、顔を覗き込んでくる。

「それなら寝室へ行こう」

そう言ったかと思うと、王子は人一人抱えていることなど少しも感じさせない足取りで部屋を突っ切り、寝室と思われる扉へと向かっていった。

俺を抱いたまま器用にドアを開き、中へと入る。

「……あ……」

ベッドの脇に一枚の絵が飾られていたが、それが例の本物のマーロンだとわかった瞬間、俺は思わず小さく声を漏らしてしまっていた。

「三億で譲ってほしいと交渉したら、持ち主が腰を抜かしたそうだ」

俺の視線を追った王子が楽しげにそう笑うと、俺の身体をそっとベッドの上へと下ろした。

「あの日からずっと、抱き損ねたお前のことばかり考えていた」

「こ、光栄です。王子」

どさり、と王子もまた、ベッドに腰を下ろし、俺に覆いかぶさってくる。彼の体重を感じる俺の身体は、今更のように細かく震え始め、背筋を悪寒が駆け抜けていく。そんな自身の身体の反応を、しっかりしろ、と自分を叱咤して抑え込むと、もう、好きにしろとばかりに俺はぎゅっと目を閉じた。

嫌悪など感じる時期は済んでいるはずだ。昨夜だってタウンゼント卿に、いいように抱かれたばかりじゃないか。

自分に言い聞かせる言葉に、ドキリ、と胸の鼓動が脈打ち、閉じた瞼《まぶた》の裏にタウンゼント卿の輝く青い瞳が蘇ってくる。

タウンゼント卿に抱かれるのも、こうして王子に抱かれるのも同じじゃないか。全てはあの絵を手に入れるため。父の贋作を闇に葬るためじゃないかと何度頭の中で繰り返しても、身体の震えは止まらなかった。

「怖いのか？　愛らしいことだ」

くすり、と笑う王子の声が頭の上で響いたと同時に、しゅるり、とタイが抜かれる音が室内に響き渡る。

タイを解かれ、シャツのボタンをひとつひとつ外してゆく繊細な指先が、昨夜俺の胸を這っていたタウンゼント卿の指の感触と重なった。

「……っ」

どき、とまたも俺の胸はやけに高鳴り、頬に血が上ってくる。何を思い出しているのだと俺が、大きく息を吐いたそのとき、シャツの前を開いた王子の手がぴたりと止まった。

「……これは……」

どう聞いても不快感を抱いているとしか思えぬ彼の声に、何事だと俺は薄く目を開き、彼を見上げた。

「……あ……」

俺の思い違いなどではなく、王子は明らかに不機嫌な顔をしていた。彼の視線の先にはだけさせられた俺の裸の胸がある。自身の胸を見下ろした俺は、目に飛び込んできたあまりに恥ずかしい有様に羞恥を覚え目を伏せた。

貧相な俺の胸には、どう見ても情交のあととしか思えない紅い吸い痕《あと》が、いくつも散っていた。昨夜舐られ続けた胸の突起は未だに紅く色づき、ぷく、と勃ち上がっている。

「タウンゼント卿か」

ぶすりとリドワーン王子が俺に問いかけてきたのに、どう答えようかと俺は一瞬躊躇《ちゅうちょ》してしまったのだが、

「これはタウンゼント卿がつけたのか？」

不機嫌さが増した声で王子がそう言い、吸い痕の一つをぎゅっと指先で圧《お》してきたのに、何か答えなければと伏せていた目を上げ王子を見やった。

「どうなのだ」

端整な王子の顔が、怒りに歪んでいる。マズいな――王子とタウンゼント卿はオークションにおいてはライバル関係にあると、誠一が言っていた。今回のオークションでもあの偽マーロンの絵を卿と争った挙句落札できなかったことを、王子はたいそう悔しがり、五億、十億というとんでもない数字を呈示したのだった。

もしや王子は並々ならぬ対抗心をタウンゼント卿に抱いているのではあるまいか。どこが気に入ったのか知らないが、最初に俺にコナをかけてきたのも確か王子が先だった。

それを横からタウンゼント卿に『交渉権は自分にある』とかっさらわれたのである。王子にしてみれば、先に目をつけたのは自分であるのに、という思いが強くても不思議はない。

処女性にこだわるのはもう、前世紀の遺物ともいうべき古い感覚であるとは思うのだが、果たしてそれが万国共通の認識であるのか、俺にはよくわからない。

他の男に――ライバルと認識している相手に先に俺が抱かれたことに、王子はこだわりを見せるだろうか。交渉は打ち切りか、とごくりと唾《つば》を飲み込んだ俺だが、心のどこかでほっとしている自分がいることにも気づいていた。

タウンゼント卿に抱かれるのも、リドワーン王子に抱かれるのも、俺にとっては同じに違いないのに、この気持ちはなんなのか――自身の心に首を傾げていた俺の前で、リドワーンの顔からすうっと怒りの表情が解けてゆく。

「まあよい。私はさほど相手の純潔にはこだわらない人間だ」

「……」

にっと笑ってみせる王子に、どう答えればいいのかと迷い、俺は一瞬黙り込んだ。

「タウンゼント卿も私と同じだったというわけだろう？　絵が欲しければ身体を差し出せと。違うか？」

「い、いえ……」

正確には『奴隷になって自分を満足させろ』だったが、結果としては同じかと、肯定の意を示した俺の目の前で、王子の顔に満足げな笑みが広がってゆく。

「やはりな。だが、お前はまだあの絵を手に入れていない。タウンゼント卿も人が悪い」

「………」

それは多分、卿が俺に未だ『満足』していないからなのだが、そこまで詳しく事情を説明することはない。俺の沈黙を肯定と判断した王子の顔はますます笑みで綻《ほころ》んだ。

「安心するがよい。私は彼のような嘘つきではない。お前を抱いたその瞬間からあの絵はお前のものだ」

「あ、ありがとうございます。王子」

言いながら王子が、すうっと俺の裸の胸を指先で撫で下ろす。またも悪寒が背筋を這い上り、びく、と身体を震わせてしまいながらも俺は、無理やり笑顔を作り、王子に向かって礼を言った。

「『王子』とは、無粋な」

幾分憮然とした表情に戻った王子が――リドワーンが、俺に再び覆いかぶさってくる。

「え？」

「名前を呼ぶがいい。少しでも私に心を許しているのであれば。たとえ心を許していなくとも閨《ねや》では名を呼ぶものだ」

「……………」

心を許しているのなら、名を呼べ――少し拗《す》ねた様子のリドワーン王子の言葉を聞いている俺の頭にまた、タウンゼント卿の顔が浮かんでいた。

俺が『マイロード』と呼ぶたび、不機嫌になった彼。まさか彼も王子と同じことを思っていたと――？

「どうした、ユウキ」

俺の名前を呼ぶ王子の声に、俺ははっと我に返った。さっきから俺はおかしい。何かと言うとタウンゼント卿のことばかりを思い出してしまっている。

「なんでもありません。リドワーン」

今俺が考えなければならないのは、俺を組み敷いているこの王子のことだけだった。いかにして彼の機嫌を取り結び、本物の絵と偽物をすりかえるか、それだけを考えていればいいのだと俺は自分に言い聞かせ、望まれたとおり彼の名を口にした。

「愛《う》いやつ」

王子の機嫌を取ることには成功したようで、満足げに微笑むと俺の胸に顔を埋めてくる。

「……………っ」

胸の突起を唇に含まれ、強く吸われる。昨夜タウンゼント卿に同じことをされたときには快感を覚えたはずであるのに、今、王子の身体の下で俺は込み上げる嫌悪の念に身体を震わせていた。

「……っ……」

丹念な仕草で王子が俺の胸を舐り、もう片方の胸の突起を指先で摘み上げる。胸に性感帯があることをあれほど昨夜は思い知らされたはずなのに、快楽の兆しは少しも見えてこない。一体どうしたことかと思っているうちに、王子の手が胸から下肢へと滑り、スラックス越しにぎゅっと俺を握り締めてきた。

ぞわ、とまた悪寒が背筋を這い上ってゆく。『やめろ』と叫び出しそうになるのを必死で堪えなければならないほどに嫌悪感は募り、王子がかちゃかちゃと音を立ててベルトを外し、スラックスを下ろそうとしたときそれはピークに達した。

「やめてください…っ」

気づいたときには俺は、両手で王子の肩を力いっぱい押しやっていた。

「ユウキ?」

いきなりの俺の抵抗に、王子が驚いて顔を上げる。

「…あ……」

俺は何をしてしまったのか——慌てて俺は、眉を顰める王子に「申し訳ありません」と詫びたのだが、身体の震えは少しも収まる気配をみせなかった。

「……」

王子の表情がみるみるうちに不快なものになってゆく。

「申し訳ありません」

俺の謝罪にも応えず、王子は不機嫌な顔のまま、俺のスラックスを一気に引き下げ、痛いほ

どの力で萎《な》えた雄を握った。

「……っ」

苦痛に歪んだ俺の顔を、王子が真っ直ぐに見下ろしてくる。

「嫌なのか?」

抑えた、だがはっきりと怒りの滲《にじ》んだ声に、俺は慌てて首を横に振った。

「嫌ではありません」

「ではなぜそんなにも震えている?」

尋ねながら王子が、手の中の俺の雄の先端を、親指と人差し指の腹でゆっくりと擦り上げ始める。

「震えてなど……」

いません、と答えようとしたはずなのに、またも俺の手は王子の肩へと伸び、ぐっと押しやってしまっていた。

「ユウキ」

「……あ……」

王子の瞳と声に、はっきりとした怒りの色を認めたとき、恐怖と嫌悪がない交ぜになった感情が俺の中で急速に膨らみ、気づいたときには俺は彼の手を振り切ってベッドを降り、裸のままドアへと向かって走り出していた。

自分で自分の行動がよくわからない。だがこのまま王子に身を任せることにだけはなぜか、我慢ができなくなっていた。

絵はどうする——そんな考えは少しも頭に浮かばなかった。裸で逃げたところで部屋の外に出られるわけもない、というごく真っ当な思考すら、そのときの俺には働いていなかった。

「誰か！」

王子の怒声が背後で響き渡ったその瞬間、俺が飛び出そうとしていたドアが大きく開き、どやどやと数名のアラブ服の男たちが逆に飛び込んできた。

「カスィーム。逃がすな」

先頭に立っていたのはあの、オークションで札を上げていた顔立ちの整った若い男で、彼が逃げようとする俺の腕を捕らえ、後ろから羽交い絞めにする。

「離せっ！」

暴れる俺をカスィームは引きずるようにして、彼の主の——王子のもとへと連れ戻した。華《きゃ》奢《しゃ》にもみえる細い外見を裏切る物凄い怪力で、暴れる俺をものともせず、楽々と俺を引きずっていく。

「どうしても私には抱かれたくないと？　タウンゼント卿には身を任せたというのに、私の手は拒絶すると、お前はそう言うのか？」

王子の目には怒りの焔が立ち上っていた。怒気を露わにした彼の姿は思わず息を飲むほどの迫力があり、返事が遅れてしまった俺へと王子の手が伸びてくる。

「……っ」

右手で顎《あご》を摑まれ、無理やり顔を上げさせられる。彼の手が俺に触れたとき、またも俺の身体がびくっと大きく震えたのに、王子の怒りは最高潮に達してしまったらしかった。

「私には触れられるのも嫌だと？」

顎を摑んだ手を強く引かれ、そのままベッドに引き倒されてしまった俺は、反射的に起き上がりまた逃げ出そうとしてしまっていた。

嫌悪からというよりは底知れない恐怖からの行動だったのだが、王子はそうはとらなかったようだ。

「カスィーム。捕らえよ」

彼の凜《りん》とした声が響いたと同時に、背後からまたカスィームをはじめとするアラブ服の男たちに羽交い絞めにされた。

「……よせっ」

手足の自由を奪われたことで、恐怖感がますます煽《あお》られ、闇雲に暴れまくる俺のみぞおちに、誰かが拳を打ち込んでくる。

「…っ……」

う、と息が詰まったと同時に、痛みから意識が遠退《とおの》いてゆく。

「私の手から逃れることは許さない」

怒りも露わな王子の声を遠くに聞いた記憶を最後に、俺はその場に崩れ落ち意識を失ってしまったようだった。

7

『悠貴《ゆうき》。お前には絵の才能はない』

背を向けたまま、父が僕に呟《つぶや》くように話しかけてくる。彼の手元には酒瓶が倒れていて、ああ、また酔っ払ってるのだなと、憂鬱《ゆううつ》な思いで僕は父の話を聞いている。

飲んでも暴れることのない父だった。僕のアパートの隣の部屋の家族がまさに、酒乱で暴れる父親と、彼に泣かされる妻子、という気の毒な家族で、壁が薄かったから、怒鳴りつける父親の声は僕の耳にもよく響いていた。

僕の父は飲んでも怒鳴ったり暴れたりはせず、ただただ陰気になった。酒乱で暴れられるよりはよっぽどマシなのかもしれないが、陰鬱《いんうつ》な父の顔を見るのは、なんだかたまらなく辛《つら》かった。

『絵には近づいちゃいけない』

陰気な父の声が僕の耳に響いてくる。近づかないよ、と心の中で答える僕の胸に、ちくり、と小さな痛みが走った。

『いいか？　絵には……芸術には決して近づくなよ』

父がしつこく同じ言葉を繰り返す。

『はい、お父さん……』

答えた僕を、父が肩越しに振り返る。濁った彼の目に果たして僕の顔は映っていたのかいなかったのか。すぐに父はまた前を向き、グラスに酒を注ぎ始める。

『近づいちゃいけない』

ぶつぶつと同じ言葉を繰り返す父の瘦《や》せた背を見つめる僕の胸の痛みが次第にズキズキと我慢できないほど大きくなってゆく。

『お父さん』

胸の痛みを訴えたくて名を呼ぶのに、父は僕を振り返ることはなく、一人ぶつぶつと呟いている。

『近づいてはいけない』

『お父さん、お父さん』

お願い、こっちを向いて――どんなに叫んでも、決して振り返ることのない父の背に僕は両手を伸ばし――。

＊
＊
＊

「……ん……」

夢にうなされることなどここ数年なかったというのに、一体どうしたことだろう。酷《ひど》く頭が重く、気持ちが悪い。

圧迫されているような息苦しさを感じ、違和感から目を開いた俺は、目の前に広がる光景に驚いたあまり一気に覚醒した。

そこは誰がどう見ても、飛行機の中だった。だがずらりと小さな窓が並んでいる機体は、通常のジャンボとは大きな違いがある。

ファーストクラスですら十数席の座席はあろうが、多分客室部分のもっとも先端と思われるその場所には、中央に並んだ二つの座席しかなかった。

圧迫感があったのは、既にしっかりとシートベルトを嵌《は》められていたためだった。そのことに気づいたと同時に、自分が身につけている服にも気づき、ぎょっとしたあまり急いでベルトを外すと立ち上がり、まず自分の姿を見下ろした。

足首まである白い衣装はどう見てもアラブ服のようだ。さらりとした肌触りのそれの着心地は決して悪いものではなかったが、スカートのような長い裾の下には何も着せられておらず、足元がスースーした。

アラブ服——俺の脳裏に、リドワーン王子の怒りに燃えた表情が蘇《よみがえ》る。

そうだ。確か俺は彼に呼び出され、東京《とうきょう》駅近くのホテルへと向かったのだ。その場で身体と引き換えに絵を渡すと交渉を持ちかけられ、俺は王子に身を任せる決心をしたのだった。

だがどうにも途中で我慢ができず、部屋を飛び出そうとしたのに、彼の使用人と思われる大勢のアラブ人に捕らえられ、気を失わされてしまった。そのあとの記憶は当たり前だがまったくない。

となるとここはもしや、と改めて周囲を見渡したそのとき、

「目が覚めたか」

後部への境に下がっていた緋《ひ》色のカーテンがシャッと音を立てて開き、記憶の彼とは打ってかわった上機嫌な顔をしたリドワーン王子が入ってきた。

「間もなく離陸だ。座っているがよい」

「離陸？」

どこへ、と問いかけるのを待たず、喜色満面の王子が大股で近づいてくると、俺の腕を取り無理やり席へとつかせようとする。

「ちょっと待ってください。一体どこへ行こうとしているのです？」

砂漠の国の王子の腕力の前には、俺の抵抗などまったく意味をなさず、並んだシートに腰掛けさせられたと思った次の瞬間には、いつの間に近づいていたのか、あのカスィームという綺麗な顔立ちの若者が俺のシートベルトを嵌めてしまった。

「場所など決まっているだろう。私の国だ」

「なんですって？」

さも当たり前のことを言うような口調で王子が告げた言葉に、俺は心底仰天し、大声を上げてしまっていた。

冗談じゃない。なんだって中東まで連れていかれねばならないのだと目を見開いた俺へと、ずい、と王子がその端整な顔を近づけてくる。

「約束したであろう。私のものになると。これは私の専用機だ。このまま母国へと飛ぶ。自分の所有物を国に持ち帰り、何が悪い」

「そんな……」

　確かに了承はした。だがまさか国にまで連れていかれることになるとは思っていなかった。専用機という言葉に驚くのも忘れ、呆然《ぼうぜん》としていた俺に、王子の不機嫌そうな声が飛ぶ。

「不満そうだな」

「不満と申しますか、あの……」

　彼の手の中にはあの『絵』がある。しかも彼はタウンゼント卿の許にある絵が贋作《がんさく》であることを知っている。

　機嫌を損ねるわけにはいかないが、だとしてもとても彼の所有物として国までついていくことはできないと、俺は必死で回らない頭でなんとか打開策がないものかと考え始めた。

「だいたいお前が悪いのだ。タウンゼント卿には大人しく抱かれておきながら、私の腕を拒絶しようとする。お前は私のものになると頷《うなず》いたであろう？　なぜに私を嫌がり、逃げようとしたのだ」

「それは……」

　まくし立ててくる王子を納得させようと、必死で言い訳を考えるのだが、自身にすら彼に覚えた嫌悪感の説明ができていないだけに何も言うことができない。

「どうしてもお前を手に入れたい。こうまで一人の人間を欲したのは生まれてこのかたお前が初めてなのだ」

「………」

黙り込んだ俺の、自身の膝に置いた手に、王子の手が伸びてくる。ぎゅっと握られた、その程度の行為にすら、びく、と身体を震わせてしまった俺に、王子の瞳に怒りの焔《ほむら》が立ち上ったのがわかった。

しまった、と思ったが、既に後の祭りである。どのような叱責《しっせき》を受けるのだろうかと身構えた俺の目の前で、王子の瞳に宿った怒りは静かに引いてゆき、形のいい彼の唇からは、沈痛としかいえない重い溜《た》め息が漏れ、俺を戸惑わせた。

「私の言葉が信じられないようだが、本当なのだ。確かに今まで清廉潔白な人生を歩んできたかと言われれば必ずしもそうとは言えぬが、自ら積極的に誰かを求めたことは一度たりとてない」

「しかし……」

あまりにきっぱりと言い切る王子に、反論する気などなかった俺もつい言葉を挟んでしまったのだが、

「本当だ」

王子は更にきっぱりとそう言い、身を乗り出すとじっと俺を見つめてきた。

「さまざまな噂が囁《ささや》かれていることは勿論《もちろん》知っている。どこぞの令嬢をものにしただの、美男美女には滅法弱く、少しでも気に入ると金の力を使ってすぐ落としてしまうだの……確かに美形は嫌いではないが、誰でもいいというわけではない。それに、金を日当てに近づいてくるのは常に相手のほうなのだ」

苦笑するように笑ったあと、王子がやるせない顔になる。

「皆が皆、私に見返りを期待し近づいてくる。それを楽しまなかったといえば嘘になるが、それでも常に私の胸にはある種の空しさが溢《あふ》れていた。あの日、お前に会うまでは」

言いながら王子が、ゆっくりと俺に顔を近づけ、互いの額が触れ合うほどになった。

「……あのオークション会場で目が合った瞬間、恋に落ちたのだ。なんとしてでもこの腕に抱きたいと、それだけしか考えられなくなっていた。自分がこんなにも他人を欲する気持ちになろうとは、私自身驚きだった。生まれて初めて私は、自分が財力に恵まれていることを神に感謝した。お前の気を引くために湯水のように金を使えるというこの身分を」

「………」

にこ、と微笑《ほほえ》む顔には少しの邪気もない。それは多分彼の言葉が真実を語っている表れなのだろうが、内容としてはとても信じられるものではなかった。

生まれて初めて恋に落ちた相手がよりにもよって俺だなどと、普通あり得ないだろうと思ってしまう。確かに容姿を褒められたことはあるが、さすがに俺は自分を絶世の美男とは——このリドワーン王子や、タウンゼント卿のような美形と同じクラスだとは、少しも思っていなかった。

信じろというほうが無理だ、と内心溜め息をついていた俺の手を握る王子の手に力が込められ、唇が触れるほどに彼の顔が更に俺へと近づいてくる。

「お前が欲するものはなんでも与えるし、お前の望みはなんでもかなえる。だからユウキ、この場で誓ってほしい。私のものになると」

「あの……」

そうまで言われる価値が自分にあるとはどうしても思えない——という気持ちとは別に、あまりに近い王子との距離に、握られた手の感触に、俺の身体は細かく震え始めていた。

「……ユウキ」

王子はすぐにそれに気づいたようで、少し俺から身体を離すと、憮然《ぶぜん》としながらもどこか切なげにも見える目でじっと俺を見下ろしてくる。

「お前には心に決めた相手でもいるのか?」

「い、いいえ、そのような……」

そのような相手はいやしない。嘘をつくまでもなく俺は首を横に振ったのだが、王子は納得してはくれなかった。

「相手はあの、タウンゼント卿ではないのか？」

「それはありません」

なぜにここで彼の名が出るのだ、と素で驚いた俺は、続く王子の言葉に、あ、と声を上げそうになった。

「それならばなぜ、彼には身を任せるのに私に抱かれるのを嫌がるのだ？　それほどまでに私が嫌いか？」

「そ、そういうわけでは……」

動揺が俺の目を泳がせた。言われて初めて気づいたが、確かにタウンゼント卿に抱かれたときには、嫌悪感から身体が震えることなどなかった。

なぜだ――？　父の贋作を闇に葬るためなら身体くらい投げ出してやるという決意を抱いて、俺はタウンゼント卿に身体を投げ出したのだった。今、その相手が王子に変わっただけだというのに、なぜに俺は彼に触れられるたびに嫌悪に身体を震わせているのだろうか。

ビジュアルでも――そして、真摯《しんし》さを感じさせる人柄も、決して王子がタウンゼント卿に劣っているとは思えない。それどころかタウンゼント卿は俺に無茶を強い、屈辱感を味わわせる酷い仕打ちをしてきたというのに、なぜ彼に抱かれたときには俺は我を忘れるほどの快楽を感じ、王子の愛撫にはそれを少しも感じなかったというのだろうか。

「ユウキ、答えてほしい。君はタウンゼント卿が好きなのか？」

自分の心が少しも読めず、呆然としていた俺の肩を王子が摑《つか》み、揺さぶってくる。

「……あの……」

好き――好きなのだろうか。そんな馬鹿な、と俺が首を横に振りかけたそのとき、

「その答えを言う相手は彼ではない」

いきなりシャッと仕切りのカーテンが開いたと同時に、あまりに聞き覚えのあるバリトンが機内に響き渡り、俺も、そして王子も驚き、後ろを振り返った。

「な……っ」

決してこの場に現れるはずのない人物の姿に、幻でも見ているのかと言葉を失う俺の代わりに、王子が彼の名を口にする。

「……タウンゼント卿……」

「……そんな……」

幻でもなんでもなく、現れたのは神々しいほどの輝きを放つ金色の髪を誇る英国貴族、タウンゼント卿だった。なぜに彼がここに――アラブの王子の専用機の中になど現れたのだという疑問は当然王子も抱いたようだ。

「招いた覚えはない。一体どうしてここが？」

厳しい顔をして問いかけた王子に、やはり厳しい顔でタウンゼント卿が答えを与えた。

「金の使い方を知っていたということだ。政府や警察に届け出なかったことを感謝してもらいたいな」

「……何をふざけたことを」

むっとした顔で王子が立ち上がり、タウンゼント卿と対峙《たいじ》する。いつまでも呆然とはしていられないと慌ててベルトを外そうとしていた俺の耳に、驚くべきタウンゼント卿の言葉が響いてきた。

「返してもらおう。僕の愛《いと》しい人を」

「え？」

思いもかけない卿の言葉に、俺の手は止まってしまった。未だシートに座ったまま、振り返った視線の先にタウンゼント卿の、輝く金髪が、美しき湖面を思わせる青い瞳が見える。

「愛しいだと？」

リドワーン王子もまた、俺同様酷く驚いているようだった。動揺が表れた声で、タウンゼント卿を、続いて振り返って俺を見る。

「今、大人しく彼を返すことを了承するというのなら、ことを荒立てはしない。だがもしも拒絶するというのなら、国家機関に訴えることも辞さないつもりだ。国のお父上がその不名誉をどう思われるか、君なら言わずともわかるだろう」

「父など関係はないが、しかし」

卿が喋《しゃべ》っている間中、俺の顔をじっと見ていた王子が、ゆっくりと卿へと視線を戻す。

「彼は私のものになると約束したが……タウンゼント卿、既にあなたのものだったというわけか」

「……」

どこか茫然《ぼうぜん》とした声で告げた王子に、タウンゼント卿は少し考えたあと、静かに首を横に振った。

「僕の所有物ではない。彼も意思を持った人間だからね」

「……」

今度は王子が少し考えるように黙り込んだあと、苦笑し肩を竦《すく》めた。

「彼の意思など、私は考えたことがなかった」

言いながら王子が再び俺の方を振り返る。

「あの約束は私のほうから反故《ほご》にしよう。すぐさまこの場から立ち去るがよい」

「え……」

王子の突然の心境の変化に、この突然の命令に、何がなんだかわからないと立ち尽くしていた俺から、王子がふいと目を逸《そ》らした。

「母国の名誉を傷つけたくはない。そして私は――」

ここで王子はちらと俺を見たあと、またすっと目を逸らしこう言った。

「人のものは盗まぬ。これが私のポリシーだ」

「……え……」

どういう意味だ、と眉を顰《ひそ》めた俺の前で王子はそっぽを向いたまま「ああ、モノではなかったか」とぼそりと言い捨てると、アラブ服の裾をはためかせ、卿の横をすり抜けるようにしてカーテンの向こうへと消えていった。

唖然《あぜん》としてその後ろ姿を見送っていた俺の耳に、タウンゼント卿のこの上なく優しい声が響く。

「帰ろう。ユウキ」

はっとして卿を見やると、俺の視線を捉《とら》えたことを察した彼が、美しい瞳を細めて微笑みかけてきた。

「……はい……」

マイロード、といつもの呼びかけが喉《のど》まで出掛かったが、なぜかそれを口にするのは憚られ、俺は小さく頷いたあと彼に歩み寄り、真っ直ぐに俺へと伸ばしてきた彼の手に己の手を重ねた。

タウンゼント卿がその手をぎゅっと握り締めてくる。彼の掌《てのひら》の熱さを感じた俺の身体は、びくっと大きく震えたが、それは決して嫌悪からではないことを、俺は今、はっきりと自覚していた。


リドワーン王子の専用機を降り、タラップ下に停まっていた車にタウンゼント卿に導かれるままに乗り込んだ俺は、そこが羽田《はねだ》空港であることを景色から察した。

そのまま車は空港内を突っ切ってゆく。タウンゼント卿は一言も俺に話しかけることなく、俺も何も喋ることができずにただ、彼の隣に腰掛けていた。

車に乗り込んだときから、タウンゼント卿の腕はずっと俺の腰に回ったままだった。逃げはしないし、第一この場所では逃げることはできないと訴えようかと思ったが、なぜかその腕の感触を俺は酷く心地よいものに感じてしまい、なされるがまま、彼に身体を預けていた。

自分で自分の気持ちがわからない――なぜタウンゼント卿に触れられても、少しも嫌な気持ちがしないのか。

自分の気持ちがわからないのと同様、俺にはタウンゼント卿の気持ちもよくわかっていなかった。

『僕の愛しい人』——確かに彼は、王子に向かってそう言った。彼にとって俺は『愛しい人』なのだろうか。信じられない、と思う俺の頬に、なぜか血が上ってくる。

一度も『愛しい』などという言葉を告げられたことはなかった。それどころか、どちらかといえば、屈辱的な言葉ばかり言われてきたような気がする。

本当に彼は俺を愛しいと思っているのか——確かめたいのに確かめる勇気はなく、ただ近く身体を寄せる彼の体温を感じていることしかできないでいる。そんな自分もなんだか信じられない、と茫然としていた俺は、車がゆっくりとスピードを落としたのに我に返り、窓から外を見やった。

「え？」

何を言われたわけでもないが、車の行き先を俺は、てっきりターミナルだと思っていた。だが車が停まったのはまた新たなジャンボ機の前で、どういうことだとタウンゼント卿に戸惑いの目を向けると、

「行こう」

タウンゼント卿はにっこりと微笑み、運転手が開いたドアから先に車を降りてしまった。

「どうぞ」

運転手が車を回り込み、俺サイドのドアを開けてくれる。ドアの向こうではタウンゼント卿が俺を待っていて、戸惑いつつも車を降りた俺の手を取ると、飛行機の下、用意されたタラップに向かい歩き始めた。

乗り込んだのはどうやら、タウンゼント卿所有のジャンボ機のようだった。広々とした機内に客は俺とタウンゼント卿二人だけである。

俺たちが乗り込んですぐ離陸し、離陸後にはすぐ食事が出た。ファーストクラスでもここまで凝ったものは出せないという、豪華なフランス料理だった。

「大丈夫?」

食事のときに初めてタウンゼント卿は、俺に声をかけてきた。食が進まない俺を心配してくれたようだ。

「大丈夫です」

「辛いようなら寝ていればいいよ。寝心地には細心の注意を払って作らせた、僕専用のシートだ」

にっこりと微笑むタウンゼント卿の青い瞳に、俺の目は吸い寄せられ、返事が遅れてしまった。

「大丈夫かい？　ユウキ」

それを俺が気分が悪いととったらしい彼が、心配そうに眉を顰め、俺の顔を覗き込んでくる。

「大丈夫です。マイロード」

見惚《みと》れていただけだとはとても言えず、慌てて返事をしたとき、つい癖でその呼び名が口をついて出てしまった。

「……………」

タウンゼント卿の青い目に一瞬、暗い影が差す。

「いえ、大丈夫です。ヒューバート」

怒りよりは悲しみを感じさせるその影を見たとき、俺は勇気を出し、彼の名を口にしてみた。

途端に俺の目の前で、タウンゼント卿の瞳が驚きに見開かれる。

「あの……」

更に不興を買ってしまったのだろうか——どきり、と変な感じに胸が脈打ち、不安が込み上げてくる。が、それも一瞬のことだった。

「ヒューだよ、ユウキ」

タウンゼント卿が今まで見たこともないほど嬉《うれ》しげに微笑み、そう片目を瞑《つむ》ってみせたのである。

「ヒュー」

「そう、親しい人は皆、僕をそう呼ぶのさ」

望まれたとおり呼び直した俺に、タウンゼント卿が更に嬉しげな顔で微笑みかけてくる。

『親しい人』——その言葉を聞く俺の胸もまた、じんわりとした温かさに満たされていた。


それからおよそ十二時間後、飛行機はロンドンのヒースロー空港に到着した。

驚いたことに、ヒューバートはどうやって手に入れたのか、俺のパスポートを持っていた。おかげで入国審査もスムーズに済み、空港に迎えに来ていた彼の車に乗り込むと、ロンドン郊外にあるという彼の家へと向かった。

その頃になり、ようやく俺は、結局リドワーン王子の手元に残ることになったあの、本物のマーロンの絵のことを案じ始めていた。王子がオークションにかけられた絵は偽物であると藤《ふじ》菱《びし》に訴えることはないだろうか。彼に口止めをすべきだろうが、再度王子に連絡を取るのも憚《はばか》られる、などと独り悩んでいたが、タウンゼント卿が「家についたよ」と声をかけてきたときには、その悩みを一瞬忘れてしまうほどの驚きに見舞われることになった。

家――というのは適切な表現ではなかった。門から玄関まで、軽く車で十分もあるそこは誰がどう見ても『城』というに相応《ふさわ》しい建物だった。

車を降りてまず案内された『玄関ホール』に俺は度肝を抜かれた。ヒューバートが俺の、家賃二百万近いマンションを見て『部屋はどこにあるのか』と尋ねるのもわかる。大理石の柱、大理石の床のそのホールは俺の部屋全部の広さとほぼ同じくらいの広さがあり、壁にはたくさんの名画と思《おぼ》しき絵がかかっていた。

「おかえりなさいませ」

車を降りるときにも何人もの使用人が俺たちを出迎えてくれたのだが、玄関ホールではモーニング姿の老人が恭しい仕草でヒューバートと俺に頭を下げて寄越した。

「ただいま。エドモンド」

ヒューバートが彼に笑顔を向けたあと「紹介しよう」と俺に声をかける。

「先代から執事を務めてくれているエドモンドだ。エドモンド、彼はユウキ。私の大切な客人だ」

「初めまして、ユウキ様」

今度は俺に丁寧に頭を下げてきた彼に、俺も慌てて挨拶を返した。

「初めまして。ユウキ・ナルセです」

よろしくお願いします、と頭を下げる俺の背に、ヒューバートの腕が回る。

「早速だがエドモンド、彼に着替えを用意してくれ。客用寝室の準備はできているかい？」

「勿論でございます。ご案内いたしましょう」

エドモンドが恭しく答えるのに「案内は僕がしよう」とヒューバートは笑い、「さあ」と俺の背を促し、玄関ホールから建物内へと進んでいった。

「………」

博物館でもこうは広くあるまいという、広大な城だった。長い回廊の天井は高く、壁や柱には凝ったレリーフがなされている。それだけでも美術品のようだと、周囲を見回しながら俺はぽかんと口を開けたまま彼の先祖のものと思われる肖像画の並ぶ階段を上り、ヒューバートが「どうぞ」と案内してくれた部屋に一歩を踏み入れた。

「な……」

これは果たして『部屋』なのか――？　いや、部屋には違いないのだが、まるで宮殿の一室のような室内に、俺は驚きのあまりその場に立ち尽くしてしまっていた。

古きよきヨーロッパの城――とでも言うのだろうか。壁に幾枚も飾られた見事な絵といい、ベッドの天蓋《てんがい》といい、豪奢《ごうしゃ》というよりは品格と歴史を感じさせる佇《たたず》まいで、部屋には暖炉まであった。

後に案内される、まるで図書館のような書斎や、ちょっとした会議ができそうな広大な食堂など、彼の家の——いや、城の何から何までに俺は驚かされてしまったのだが、ヒューバートにとってはここは日常生活を送る場でしかなく、

「浴室はここだよ。つくりが古いので不便をかけるかもしれないが」

あろうことか申し訳なさそうにそう言うと、俺にシャワーの使い方や湯の溜《た》めかたを一通り説明してくれた。

「着替えは外に用意しておくから」

ヒューバートが微笑み、バスルームに俺を残して出てゆく。

「…………」

十八世紀——もっと前なのかもしれないが、まるでこの手のことに詳しくない俺は、そんな時代を感じさせる鏡に映る己の顔を、暫くの間呆然と見つめてしまっていたのだが、ヒューバートがなぜ俺を一番に浴室に案内したのかをようやく察した。

鏡に映る俺は未だにあの、白いアラブ服を身につけたままだった。もしや彼はこの服を不快に思ったのかもしれない——その考えに至った鏡の中の俺の顔は、なぜかやたらと紅潮してしまっていた。

教えられたとおりバスタブに湯を張り、身体を沈める。俺の胸にはリドワーン王子に指摘さ

れた、紅《あか》い吸い痕《あと》が色濃く残っていたが、ゆらゆらと揺れる湯の中で見るそれは、俺の目にやたらと扇情的なものに映っていた。

おかしな気分になりそうだと慌てて俺は立ち上がり、早々にシャワーを浴びると、その場にあったバスローブを身につけ浴室を出た。

「早かったね」

ソファに座っていたヒューバートが立ち上がり、笑顔を浮かべて俺へと近づいてくる。

「申し訳ないが、君に合うサイズの服を探すのに、エドモンドが手間取っているようだ。もしそのままで寒くなければ、君に見せたいものがあるんだが、一緒に来てもらえないかな」

「見せたいもの？」

なんだろう、と首を傾げたがわかるわけもない。実際寒くもなかったので俺は、「大丈夫です」と答え、ヒューバートのあとに続いて部屋を出た。

またも長い廊下を渡り、階段を昇って一つ上の階に出る。

「ここが僕が普段過ごしている部屋だ」

長い廊下を渡った奥の奥、大きな扉の前に立ち、ヒューバートは俺にそう説明すると、俺の前でその扉を勢いよく開いた。

客室があれだけ素晴らしかったのだから、城の主である彼の部屋はどれだけ豪華な部屋だろう。興味津々、と俺は開かれたドアから室内を覗き込み――。

「あ！」

目に飛び込んできた光景に思わず、驚きの声を上げていた。

何十畳あるかわからない広い室内の見事さが俺を驚かせたわけではない。勿論、その部屋は誰しも目を見張るほどの豪華かつ重厚な雰囲気に溢《あふ》れていたのだけれど、俺が言葉を失うほど驚いたのは、そんな室内の様子にではなかった。

部屋の中央、いくつものイーゼルがところ狭しと並んでいる。

それに飾られているのはすべて――俺の父の絵だった。

8

「………これは………」

「言っただろう？　僕は君の父上の絵を持っていると」

呆然と立ち尽くす俺の肩を抱き、ヒューバートが俺を絵の傍まで連れてゆく。

「これが以前から持っていた桜の絵。そしてこれが今回の訪日で手に入れた、奥多摩《おくたま》の紅葉と山中湖畔《やまなかこはん》の絵だ」

順番に示してみせた最後にはあのマーロンが——父が贋作をしたマーロンの絵が飾られていた。

「………これは……」

問いかける声が震えてしまう。ヒューバートはもう、全《すべ》てを知っているに違いないと覚悟はしていたが、実際彼の口から語られた『真実』は俺に相当の衝撃を与えた。

「これは君がどうしても手に入れたいと願っていた、マーロンの贋作。作者は君の父上だね」

「…………」

終わった——比喩《ひゆ》でもなんでもなく、今まさに俺の目の前で、ガラガラと音を立て、何もかもが崩れ落ちてゆく。

「危ない！」

ショックのあまり、俺は気を失いかけていたらしい。身体が崩れ落ちそうになるのをヒューバートに腕を摑んで支えられ、俺ははっと我に返った。

「ショックを与えてしまったようで申し訳ない。勿論僕はこのことを公にするつもりはない。安心してくれていいよ、ユウキ」

「…………」

ありがとうございます、と礼を言うべきであろうに、俺は何を言うこともできず、両手に顔を伏せていた。

知られてしまった——父が贋作をしたという事実が今、白日のもとに晒《さら》されてしまった。

もうおしまいだ、という言葉がぐるぐると頭を巡り、絶望感が俺の胸に押し寄せてくる。

「どうしたんだ、ユウキ。大丈夫だ。僕は誰にも言わない。君の父上の名誉は僕が必ず守るから。何も心配することはない。そうだろう？」

ヒューバートが俺の両手首を摑み、俺の顔を覗《のぞ》き込もうとする。

「……父に名誉など、ありません……」

俺の脳裏には今、アルコール漬けの毎日を送る、在りし日の父の姿が浮かんでいた。

守るべき名誉などひとつも持っていなかった父。絵を描くことに絶望し、酒ばかり飲んでいた情けない父。死して尚、贋作などという愚行で俺の立場を脅かす父に、名誉などあろうはずがない。

「守りたかったのは父の名誉などではありません。自分の立場だ。贋作者の息子という汚名を着せられたくなかっただけだ」

父のためなどではない。自分のためなのだ。あんな情けない父を——自分にあったかも疑わしい絵の才能がないからといって、俺を見ようともしなかった父のためになど、俺が躍起になるはずはなかった。

「父など知ったことではない。私はただ自分の名誉を……」

「もういい、もういいから」

ヒューバートが俺の頬を軽く叩《たた》く。

「……何を……」

じんとした痛みに反射的に顔を上げた俺の目の前に、ヒューバートの痛ましげに顰《ひそ》められた眉があった。

「君の辛そうな顔を、これ以上見ることが僕には耐えられない」

「辛いことなど……」

何もない、と言いたい気持ちとは裏腹に、俺の頬を涙がぼろぼろと零《こぼ》れ落ちる。嗚咽《おえつ》に胸が詰まり、声さえ出なくなろうとしている俺の顔を覗き込んだまま、ヒューバートはまるで幼児にでも言い聞かせるように、ゆっくりとした語調で話し始めた。

「君が守りたかったのは自分の立場などではない。父上に贋作者の汚名を着せたくなかった。それに君は心臓が悪いという母上のことも考えた。だからこそ君はあのマーロンを己の身を投げ打ってまで手に入れようとしたのだ」

「違う」

「違わない。君は父上や母上を嫌ってなどいない。二人のために自分の身体を犠牲にしようと思うほどに、ご両親を愛しているんだ」

「違う、愛してなどいない。愛しているわけがない」

いつしか俺の声は叫ぶほどに高くなっていたが、ヒューバートはどこまでも冷静に、どこまでも優しく俺に語りかけていた。

「父上に疎まれていると思っていたからだろう？　絵の才能がないと言われたからと。だが違うよ、父上は君を疎んじてなどいなかった」

「なぜそんなことがわかるんです」

父になど会ったこともないくせに、と言い捨てた俺の声に、ヒューバートの静かな声が重なる。

「君の母上に聞いた。父上の本当の気持ちをね。君を抱いたあの日、僕はまた君の母上に会いに行ったんだよ」

「母に？」

思いもかけない彼の言葉に驚いたあまり、昂揚《こうよう》していた俺の気持ちが一瞬醒《さ》めた。

「何を聞いたというのです」

「父上が君を絵画から――芸術的なものから遠ざけようとしたのは、自分が陥っている苦しみや、困窮から君を遠ざけたかったのだと。芸術の道で自分が舐《な》めた辛苦を、愛する息子には味わわせたくなかったのだと」

「嘘です」

そんなはずはない、と俺が上げた大声を、

「嘘ではない」

ヒューバートの力強い声が制した。

「嘘ではないよ、ユウキ。それに君の母上は既に、父上の贋作のことも知っていた」

「そんな馬鹿な」

父の才能を妄信し、名が売れて後は誰彼かまわず誇らしげに自慢していた母が、贋作の事実を知るわけがない。

「信じられません」

「本当だ。父上は母上に遺書を残した。そこにしたためてあったそうだ」

「なんですって？」

そんな話、聞いたことがない、と俺はますます信じられないと大きな声を上げてしまったのだが、ヒューバートはどこまでも冷静だった。

「…遺書で父上は、画廊の主人の甘言に乗せられ、取り返しのつかない過ちを犯してしまった、自分の才能を信じてくれていた妻に——君の母上に申し訳ないことをした、と繰り返し詫びていたそうだ。遺書を読んで君の母上は、なぜ生きている間に打ち明けてくれなかったのだ、打ち明けてもらえていれば、父上の背負っていた苦しみを共に背負うことができたのにと、心の底から悔しく思われたそうだよ」

「そんな………」

母は知っていた——知って尚、父を誇りに思っていたというのか。

呆然としていた俺の耳に、ヒューバートの力強くそして温かな声が響いていた。

「君の母上は、君が思っている以上に強く、そして愛情に溢れた人だ。彼女も君と同じことを思っていた。君にだけは父上の贋作の事実を知らせたくないと。知れば君がショックを受けるだろうからと」

「そんな……」

嘘だ――母がそんなことを考えていたなどと、信じられるわけがない。

父と母が強い愛情の絆《きずな》でしっかりと結ばれていたなんて。父が俺を遠ざけたのも、愛情の証《あかし》だったなんて。母が俺を思い、贋作の事実を隠そうとしていただなんて。

「……そんな……」

信じられない、と呟く俺の目は、いつしか父の代表作とも言われる奥多摩の絵へと吸い寄せられていた。

展望台で美しい紅葉をスケッチしていた父の痩せた背中が。その背に呼びかける母の優しい声が。母の声に振り返った父の笑顔が。二十年以上も前の出来事だというのに、あたかも昨日見た風景のような鮮明さで俺の脳裏に蘇る。

「君にはもう、わかっているはずだよ」

俺の両手を離したヒューバートの手が、今度は俺の肩へとのせられる。

「ね」

にこ、と微笑み、顔を覗き込んできた彼の胸に、俺はたまらず縋《すが》り付き、泣きじゃくってしまっていた。

「ユウキ」

大声で泣き叫ぶ俺に動じることなく、ヒューバートはしっかりと俺の背を抱き締め、耳元で何度も同じ言葉を繰り返した。

「君の父上も母上も、君を愛している。君が二人を愛しているようにね」

幼児をあやすように、背中をさすってくれながら、繰り返される彼の言葉が、だんだんと俺の胸に染み渡り、温かな想いが溢れてくる。

「ユウキ」

時折呼ばれる自分の名が――イントネーションの違いのせいか、やたらと柔らかな響きを湛《たた》えているように聞こえる俺の名が涙をますます誘い、声が嗄《か》れるまで俺はヒューバートの温かな胸の中で泣きじゃくり、彼のシャツがぐっしょりと濡れるほど涙を流し続けた。

ようやく涙が収まった頃、ヒューバートは俺の背から腕を解き、にっこりと微笑みかけてきた。

「顔を洗ってくるかい？」

「……はい……」

子供のように泣きじゃくってしまったことが、今更のように恥ずかしくなってくる。

「洗面所はあのドアだよ」

ヒューバートが教えてくれた方へと向かい、ドアを開いた俺は、『洗面所』というには広すぎる部屋で顔を洗い、再び彼のもとへと戻った。

「座ろう」

こちらへ、とヒューバートは新たな部屋へと俺を案内した。先ほどの父の絵が飾ってあった部屋の向こうに、客室と思われる広々とした部屋があり、彼はその部屋のソファに俺を座らせると、自分も横に腰掛け、サイドテーブルにあったベルを取り上げ鳴らした。

「お呼びでしょうか」

現れたのは確かエドモンドという老執事だった。

「飲み物を…アルコールがいいな。何か軽いものを用意してくれ」

「かしこまりました」

ヒューバートの指示にエドモンドは深々と礼をして部屋を去り、ものの数分で盆に綺麗なオレンジ色の液体の入ったグラスを二つ載せて戻ってきた。

「シャンパンカクテルをご用意しました」

「ありがとう」

恭しい仕草で盆を差し出してくるエドモンドから、ヒューバートはグラスを二つ受け取ると、一つを俺へと渡して寄越した。

「すみません」

「乾杯しよう」

目の高さにグラスを上げ、ヒューバートが微笑みかけてくる。

「失礼いたします」

俺も彼に倣《なら》い、グラスを持ち上げたとき、ごくごく控えめにエドモンドが声をかけ、盆を胸に抱き退室しようとした。

「ああ、エドモンド」

ドアを閉めようとする彼に、ヒューバートが声をかける。

「はい、なんでございましょう」

「今夜は夕食の時間を知らせに来なくてもいいよ。僕から声をかける」

ヒューバートの指示は俺には意味不明なものだったが、エドモンドにはきっちり伝わったようだ。

「かしこまりました。ではそのように」

にっこりと品のよい微笑を浮かべ、深々と礼をして彼がドアを閉めたのに、

「かなわないな」

ヒューバートは苦笑し、グラスのカクテルを一気に呷《あお》った。

「あの？」

何が『かなわない』のだろうという問いかけをしようとした俺の声と、

「ユウキ」

グラスをサイドテーブルへと下ろし、俺に呼びかけるヒューバートの声が重なる。

「はい？」

「僕は君に、自分の浅ましい行為を告白しなければならない」

「は？」

ヒューバートの頬が微《かす》かに紅潮し、綺麗な青い瞳が潤んでいるのは、アルコールのせいなのか、はたまた他に理由があるのか――一段と美しさが増したその顔に見惚《みと》れそうになりながらも、彼の言う『浅ましい振る舞い』とはなんなのだと俺は首を傾《かし》げた。

「君の行方を追ってリドワーン王子の専用機に駆けつけ、まさに踏み込もうとしたときに

「……」

ヒューバートがここで言いにくそうに言葉を途切れさせる。

「……ああ……」

突然現れた彼には随分驚かされたのだ、と、俺はそのときのことを思い出し頷いたのだが、ヒューバートが一体、何を言い渋っているのかはまったくわからなかった。

「君とリドワーンが話している声が聞こえ、僕の名が出ていたものだから、浅ましいこととわかりつつ、つい立ち聞きをしてしまったんだ」

ヒューバートの白皙《はくせき》の頬の紅みが増し、彼の瞳がますます潤む。

「立ち聞き……」

確かに誇り高い彼のするべき行為ではないな、と恥じらうヒューバートの顔を見ながら俺は、あのとき王子と交わしていた会話を思い出そうとしたのだが、それより早くヒューバートがその内容を語り始めた。

「王子は酷く興奮していて、君に心に決めた人はいるのかと尋ねていた。その答えを僕はつい、聞こうとしてしまったんだ」

「あ……」

そういえばそんなことがあった——続く会話まで思い出した俺の頬にもまた、かあっと血が上ってゆく。

「君は『いない』と即答した。君の答えに安堵《あんど》と失望を味わった次の瞬間、王子が僕の名を出した。君が心に決めた相手は僕ではないかと。君は即座に否定した。またも僕は失望したが、同時に当然ではないかと失意を感じる自分を笑ったものだった。だが次に王子が君に尋ねた言葉に、またも僕の期待は膨らんでしまったんだ」

「……………」

ヒューバートの瞳がきらきらと、あたかも夜空に輝く星のごとき煌《きらめ》きを発している。

あのときの王子が放った問いは、俺の記憶にも一言一句違わぬ状態で残っていた。

『それならなぜ、彼には身を任せるのに私に抱かれるのを嫌がるのだ?』

彼の問いに俺は自分の心を気づかされ、絶句してしまったのだった。嫌々命令に従っていたはずであるのになぜ、ヒューバートの行為には快感を覚え、リドワーン王子の手には嫌悪を覚えてしまったのか。答えられないでいた俺に、王子は問いを重ねてきた。

『君はタウンゼント卿が好きなのか』

その直後、ヒューバートが部屋に入ってきたのだが、もしもあのとき彼が現れなければ、俺はどのような答えを王子に返していたというのだろう。

「……君が僕には身体を投げ出したのに、リドワーン王子の腕は拒絶したと知り、天にも昇る気持ちになった。そこに君の気持ちが介在しているのではないかと、期待で胸が膨らむのをどうにも抑え切れなくなった。だが王子が君に、僕のことが好きなのかと尋ねた、その答えを聞く勇気はなく、思わず部屋に飛び込んでしまった。僕にだけ抱かれるということに、僕が期待する以外の理由を君が有しているかもしれないという可能性を捨てることができなかったからだ」

「……ヒューバート」

切々と訴えていたヒューバートが、シャンパングラスを持ったままの俺の手を、ぎゅっと握り締めてくる。

「今こそ勇気を出して君に聞きたい。君は僕が好きか?」

「………」

手を握られているだけなのに、俺の頬にはますます血が上り、胸の鼓動が速まってくる。

この気持ち――ヒューバートの青い瞳に惹《ひ》き込まれ、彼の指先を感じる身体が熱く震えるこんな気持ちを、今まで俺は誰に対しても抱いたことがなかった。

好き――好きなのだろうか。俺はヒューバートが好きなのか?

商談はともかく、人との心の交流を久しく感じていなかった俺の情緒はもしかしたら人より発達していないのかもしれない。自分で自分の気持ちすらわからないのはその表れではないかと思うのだが、発達し切れていない情緒のかわりに身体が雄弁に俺の心を物語っていたのではないだろうか。

求めていない男の手には嫌悪を感じ、そして——己の欲する手を前に、悦《よろこ》びに震えたのではないかと。

「ユウキ」

ヒューバートに再び名を呼ばれ、俺は彼を真っ直ぐに見返した。らしくもない不安を抱えた青い瞳を見る俺の胸は熱く、握られた指先は微かな震えを帯びてくる。

愛《いと》しい——きっとこれが愛しいという感情なのだ、と思ったときには俺の唇は、己の心を語っていた。

「……多分私は……あなたが好きなのだと思います」

「多分、というのはこころもとないね」

言葉とは裏腹に、ヒューバートの顔に笑みが浮かぶ。

「僕は『多分』などとは言わない。君を愛しているよ」

愛している——確かに彼は今、俺を『愛している』と告げた。彼の言葉を聞いた瞬間、俺の胸は熱く滾《たぎ》り、鼓動がいきなり速くなり始めた。

「初めて会ったときには美しい容姿に、言葉を交わすようになってからは君の、『気が強そうでいて実は酷く繊細な心に、強烈に惹きつけられていった。君が欲しいという絵を落札したのは君と話をするきっかけが欲しかったからだが、その絵のために君が身体を投げ出すのを辞さないとまで思いつめていることを知り、どうしてもその理由を知りたくなった。そのときには僕は完全に、君に恋をしていたのだと思う」

タウンゼント卿が切々と、彼の思いの丈を囁いてくる。彼の酷く潤んだ瞳を見つめる俺の胸はますます熱くなり、胸の鼓動もますますその速さを増していった。

「売り言葉に買い言葉で君に隷属を強い、身体を開かせることになってしまったが、身体よりも僕は君が心を開くのをずっと待っていた。君が頑《かたく》なに閉ざしている心を、その心の中に隠した君の苦しみを、なんとか解放できないか、そればかりを考えていた」

言いながらゆっくりとヒューバートが俺に顔を近づけてくる。

「愛している……ユウキ。僕は君を永遠に愛し続けると誓うよ」

「……ヒューバート…」

名を口にした俺に、にっこりとヒューバートが目を細めて微笑むと、そっと唇を寄せてくる。

彼が俺の唇を求めているのだと察した俺は目を閉じ、軽く口を開いて彼のキスを受け止めた。

「ん……」

触れるような柔らかなキスが、やがて貪《むさぼ》るような激しいキスへと変わってゆく。ヒューバートは俺からグラスを取り上げ、サイドテーブルに下ろすと、俺をゆっくりとソファへと押し倒していった。

「あっ……」

彼の手がバスローブの裾を捲《めく》り上げ、内腿《うちもも》へと滑ってくる。既に熱を孕《はら》んでいた雄を握られ、あわせた唇の間から小さく声を漏らした俺に、ヒューバートは目を細めて微笑むとゆっくりと手を動かし始めた。

「こんな……っ……こんなところで…っ」

煌々《こうこう》と輝く灯りの下、バスローブの裾をはだけさせられ、下肢が露《あら》わになる。余程高級なものに違いない歴史を感じさせる布張りのソファを汚すことを恐れ、俺はヒューバートの手を押さえたのだが、彼は微笑み俺の手を振り解いた。

「我慢できない。今すぐここで、君を抱きたい」

「そんな…っ」

待ってください、と制止しようとした手をすり抜けた彼の手が、バスローブの紐《ひも》を解き、貧相な胸まで露わになる。

「あっ……」

ヒューバートが俺の胸に顔を埋め胸の突起を口へと含んだのに、彼の手の中で俺の雄はびくん、と大きく震え、制止する気力が著しく萎《な》えていった。

「あっ……やっ……あっ……」

胸を舐《ねぶ》られながら、ゆっくりと雄を扱《しご》き上げられる。羞恥《しゅうち》を覚えていたはずであるのに、俺はいつしか彼の下で、込み上げてくる快楽に身を捩《よじ》り、腰を揺らしてしまっていた。

「……ん…っ……んんっ……」

自然と脚が開いていき、片脚がソファから床へと落ちる。気づいたヒューバートがその脚を彼の肩へと担ぎ、唇を胸から下へと滑らせてきた。

「あっ…いやっ…」

彼の唇の行方を目で追う俺の口から、高い声が漏れる。臍《へそ》から下肢を覆う茂みへと向かったそれが迷うことなく彼の手に握られた俺の雄に辿りつき、既に先走りの液の盛り上がる先端に押し当てられたのを見ているだけで俺は達しそうになり、ぎゅっと目を閉じ拳《こぶし》を握り締めた。

「可愛らしいね」

くす、と笑う声が下肢から響いてくるのに、からかうなんて酷い、と恨みがましい目を向けると、ヒューバートは身体をずり上げてきて、俺に微笑みかけてきた。

「褒め言葉だ。君の仕草の一つ一つが僕には愛しくてたまらない」

「……やっ…」

言いながら彼が、指の腹で俺の先端を軽く擦り上げる。びくっと身体を震わせ、声を漏らした俺の前で、ヒューバートはそれは嬉しそうに微笑んでみせた。

「可愛らしい声も好きだ。快楽に身悶《みもだ》え、乱れる姿も、恥じらいで目の縁を赤らめる可憐さも、それでいて淫《みだ》らに腰を揺らしてしまう意外な積極性も、君の全てが僕を魅了し僕を夢中にさせていくよ」

「そんな……っ…」

聞いているだけで恥ずかしい、と両手で顔を覆おうとした俺の耳に、ヒューバートの優しげな声が響く。

「顔を見せて。君が僕の行為に感じているその顔を覆ったりしないでおくれ」

「……はい……っ」

既に彼の言葉は俺にとっては『命令』ではない。にもかかわらず俺は彼の言うがままに両手を下ろし、じっとその青い目を見下ろした。

「愛しい人……君のためなら僕は何をするのも厭わない」

最初から跪《ひざまず》いていたのは僕のほうさ、とヒューバートはそんな信じがたいことを言うと、またゆっくりと身体をずり下げ、俺の下肢へと顔を埋めた。

「あっ……はぁっ……あっ……」

唇が、舌が、俺の雄にまとわりつき、一気に絶頂へと駆り立ててゆく。竿を伝って零れる先走りの液を掬《すく》い上げた彼の繊細な指が、するりと後ろへと回り、つぷ、と蕾《つぼみ》を割ってきた。

「あっ…」

広げられたそこに、ぐぐっと指先が挿《はい》ってくる。違和感に身体が強張《こわば》ったのは一瞬で、探るように中を圧し始めた指の動きに、俺の欲情はますます加速し、彼の口の中で俺の雄は今にも破裂しそうになっていた。

「あっ……もうっ……もう…」

後ろに挿れられた指が二本になり、三本になる頃には、俺はもう、何も考えられずにただただ高く声を上げてしまっていた。脳が蕩《とろ》けそうなほどの快感に身悶え、激しく首を横に振っていた俺の下肢からヒューバートの指が、唇が、退いてゆく。

「あっ……」

快感の最中、混濁していた意識は一瞬戻りかけたが、ヒューバートが俺の両脚を抱え上げ、勃《た》ち切った彼の雄を後ろに捩じ込んできたのに再び滾るような快楽に俺は飲み込まれていった。

「はぁっ……あっ……あっあっあっ」

激しいヒューバートの腰の律動を受け、背中が大きく撓《しな》るあまりソファから浮いてしまう。

「すご……っ……あっ……そんなっ………そんな、奥まで…っ…」

自分が何を叫んでいるのか、まるでわかっていなかった。日本語か英語かも覚束ない。叫んでいなければ身を焼く熱でどうにかなってしまいそうだった。高く声をあげ、両手を振りまわす俺に、摑まる先を与えようと思ったのか、ヒューバートが身体を落としてくる。

「あぁっ…」

両手両脚で彼の背にしがみ付き、激しい突き上げを受け止める。響いてくる彼の抑えた息の音が俺の興奮をますます昂《たか》め、いつしか俺は彼の動きに合わせ、自ら激しく腰を揺すってしまっていた。

「あっ……」

延々と続く突き上げに、次第に意識が朦朧《もうろう》としてくる。喘《あえ》ぎすぎて息苦しさを覚え始めたのがわかったのか、ヒューバートが目を細めて微笑むと二人の腹の間に手を差し入れ、俺の雄を一気に扱き上げた。

「あぁっ…」

その刺激についに俺は達し、彼の手の中に白濁した液を飛ばしていた。

「くっ…」

ヒューバートも同時に達したようで、身体を起こし片手をソファについて自らの体重を支えながら、もう片方の手で、はあはあと息を乱している俺の、額に張り付く髪を、優しい仕草でかき上げてくれる。

「……ユウキ……」

「……はい……」

愛しげに名を呼ばれたとき、俺の胸にはなんともいえない熱い想いが込み上げてきて、答えた声が震えてしまった。

「……名を呼んでおくれ」

俺の髪をかき上げ、微笑むヒューバートの瞳も、酷く潤んでいるように見える。

「……愛しています……ヒュー」

求められたのは彼の名であったが、胸に溢れる思いを口にせずにはいられなかった。震える声でそう告げた俺の目の前で、ヒューバートの瞳がますます潤み、白皙の頬が紅潮してゆく。

「……僕も愛している。君のすべてを。全身全霊でこれからも君を愛し続けるよ」

感極まった声でそう言ったかと思うと、ヒューバートは俺をきつく抱き締め、貪《むさぼ》るように唇を合わせ始めた。

「…あっ…」

まだ整わぬ息の下、彼のくちづけは俺に息苦しさを感じさせたのだけれど、その苦しさすら俺には心地よく、求められるままに唇を合わせ、きつく舌を絡め合うことで互いの愛を確かめ合った。

その夜、俺たちが夕食をとったのは殆ど深夜といってもいい頃となった。ソファからベッドに移動したあと、互いの身体を貪り合ううちにそんな時間になってしまったのだ。

ヒューバートがエドモンドに告げた『夕食の時間を知らせにこなくていい』というのはこういう意味だったのかと、けだるい身体をだましながら食卓についた俺に、ヒューバートは食事の間中、愛しくてたまらないというような眼差しを向けてくれていた。

その席で俺は彼から、今の会社を辞めて、自分の専属のファンドマネージャーにならないかと誘われた。

「恋人として頼むのではない。君の腕を僕は買ったんだ」

ヒューバートの家はもともと資産家ではあったが、それをここまで莫大《ばくだい》なものにしたのは彼の代になってからで、それまではこの城の維持すら難しかったのだそうだ。

「僕はこれからやりたいことがある。財産管理はすべて君に任せたいんだ」

「やりたいことってなんです？」

　一体彼は何を目指しているのだろうかと尋ねると、社会福祉のために政治活動に力を入れたいと彼は答え、俺を感心させた。世襲により彼は貴族院の議員の一人なのだという。

　彼の力になりたいとは思うが、日本を離れることに躊躇《ためら》いを感じ、俺は返事を待ってほしいとヒューバートに頼んだ。

「勿論だよ。ゆっくり考えてくれていい。だがもしも君が僕の申し出を受け、僕のもとに来てくれるというのであれば、君の母上もこの城に招きたいと思っているよ」

　ヒューバートには俺の『躊躇い』の原因はお見通しのようで、最高の医療スタッフを用意すると言い足し、片目を瞑ってみせた。

「…ヒュー」

「僕が君に惹かれたのは、その美しい容姿もあるけれどね、何よりご両親を想う、君の優しさ、君の愛の深さなのだから」

　食事のあと彼は俺を再び彼の部屋へと連れてゆくと、ソファに並んで腰掛け、そんなことを言い出した。

「そんな……」

　両親に対する愛情など、ヒューバートに指摘されるまで自分が抱いていることにすら気づいていなかった。互いに疎みあっていると想っていた、その苦しみから解放してくれたのは彼に他ならない。

彼が現れなければ、俺も、そして母も——亡くなった父も、相手を想い合う気持ちが通じぬままになっていたに違いないのだと言うと、ヒューバートはその話に嬉しげに笑い、俺をそっと抱き寄せた。

「……君の役に立てて嬉しい。傷つきやすい心を精一杯の虚勢を張って一人で守っている君の様子が、僕には痛々しくて見ていられなかった。愛しいものを愛しいと、美しいものを美しいと、君が素直に認められるよう、手を貸してあげたくてたまらなくなった。それが同情などではなく、愛情だとわかるのに殆ど時間はかからなかったよ」

「ヒューバート」

愛している、と囁く彼の背を、俺も「愛しています」と答え、力いっぱい抱き締め返す。

彼と出会えてよかった——生まれて初めてそう思える相手に出会えた喜びに震え、更に強い力で抱き締め返してくれる彼の腕の中で俺が幸福に浸っていたそのとき、

「失礼いたします」

重々しいノックの音と共にドアが開いたものだから俺は慌ててヒューバートの背から腕を解き、入り口を見やった。

「どうした？　エドモンド」

ヒューバートは落ち着いたもので、俺の背に片手を回したまま、老執事に笑顔を向ける。

「今、航空便で荷物が届いたのですが、それがなんともいえない大仰なものでして」

「荷物だと？」

何が届いたのだ、と眉を顰め尋ねたヒューバートの前で、エドモンドは深く頭を下げたあと、扉を大きく開きその『荷物』を俺たちに示した。

「な…っ」

使用人と思われる若者たちがまず部屋に運び入れたのは、あのマーロンの絵――父の贋作ではなく、本物のマーロンの絵だった。続いて次々と彼らが室内に運んできたのはなんと、数え切れないほどの、薔薇《ばら》、薔薇、薔薇――部屋中が埋まってしまうほどの、薔薇の花束だったのである。

「お手紙がついております」

どこか憮然とした顔で運び込まれる荷物を見やっていたヒューバートに、エドモンドが恭しい手つきで一通の封筒を差し出す。

「読まずとも内容はわかっているよ」

そう言いながらも封を切り、中を読んだヒューバートは、ますます不機嫌な顔になると、俺にその手紙を差し出してきた。

「リドワーン王子からだ。詫《わ》びのしるしに絵は僕に贈ると。薔薇は君宛《あて》だ。メッセージを伝えてほしいそうだよ」

「はあ…」

リドワーン王子はあの絵に三億出したと言っていた。それをぽんとくれる感覚もすごいが、むせ返るような匂いを放つ大量の薔薇が俺宛だというのも驚きで、一体どんなメッセージを送ってきたのかと手紙を受け取り、目を通す。

『やはりどうしてもお前を諦めることはできない。私に生まれて初めて「忍耐」という概念を教えてくれたお前の気が変わるのを待つこととしよう』

「………」

諦めないと言われても、といつまでも続く薔薇の運び入れに当惑した視線を向けた俺の手から、ヒューバートが手紙を取り上げ、破り捨てる。

「まったくもって不愉快だ。詫びのしるしと言いながら、少しも謝意が感じられないじゃないか」

彼をここまで不機嫌にしている原因が、王子の俺へのちょっかいにあると思うと、不謹慎とは思いながらも、笑いを堪えることができない。

「ユウキ、何を笑ってる？」

ヒューバートが憮然としながらも、俺の背を優しい手で抱き寄せてくる。

「いや、本当に美しい薔薇だと思って」

「ユウキ」

わざと澄まして『素直に』薔薇の美しさを口にした俺に、ヒューバートが彼らしくなく情けない声を出す。だが俺がくすくす笑い始めたのを見て、彼はすぐに俺の意図に気づいたらしい。

「まったく君は……」

からかうなんて酷いじゃないか、と軽く睨むふりをすると、俺の身体をきつく抱き締め、心から俺を愛しいと思ってくれているであろう笑みを浮かべたのだった。

あとがき

はじめまして&こんにちは。愁堂《しゅうどう》れなです。

このたびは九冊目のキャラ文庫となりました『伯爵は服従を強いる』をお手にとってくださり、どうもありがとうございます。

今まで五十冊以上本を出させていただいていますが、ここまで派手派手しいお話は初めてなのではないかと思います。蜜でも塗っていそうな輝く金髪の英国貴族タウンゼント伯爵と、目的のためなら数百億の金を使うのも厭《いと》わない、黒衣のアラブの王子リドワーン、その二人に求愛？　される美貌の日本人ファンドマネージャー悠貴《ゆうき》の年収も一億という、自分でもちょっとびっくりするほど（笑）華やかなお話を、本当に楽しみながら書かせていただきました。皆様にも少しでも楽しんでいただけましたら、これほど嬉《うれ》しいことはありません。

今回、気品ある美貌《びぼう》の伯爵様を、傲慢《ごうまん》さも可愛いアラブの王子様を、そしてそんな二人に想われる凜々《りり》しくも美しい悠貴を、本当に素敵に描いてくださいました羽根田実《はねだみのる》先生に、この場をお借りいたしまして、心より御礼申し上げます。

いただいたキャラララフやカラーラフの美しさに、文字通り悶絶《もんぜつ》しておりました。お忙しい中、本当に素敵なイラストをどうもありがとうございました！

また、今回も担当のB様には大変お世話になりました。プロットを組み立てている最中、あまりにも派手派手しすぎるか（汗）と躊躇《ためら》いご相談申し上げたのに、「読みたいですよ！」と背中を押していただけて嬉しかったです。次こそご迷惑をおかけしないよう頑張りますので今後ともどうぞよろしくお願い申し上げます。

最後に何より、この本を手にとってくださいました皆様に、心より御礼申し上げます。

今回の超華やかなお話、お楽しみいただけましたでしょうか。お読みになられたご感想を編集部宛お送りいただけると嬉しいです。何卒よろしくお願い申し上げます。

次のキャラ文庫は来年初旬にご発行いただける予定です。また皆様にお目にかかれますことを、切にお祈りしています。

平成十八年九月吉日

愁堂れな

（公式サイト『シャインズ』http://www.r-shuhdoh.com/

ブログ『Rena's Diary』（携帯からもご覧いただけます）http://shuhdoh.blog39.fc2.com/

携帯用メルマガはr38664@egg.stに空メールをご送信の上お申し込みくださいませ）

この本を読んでのご意見、ご感想を編集部までお寄せください。

《あて先》〒105－8055　東京都港区芝大門2－2－1　徳間書店　キャラ編集部気付
「伯爵は服従を強いる」係

■初出一覧
伯爵は服従を強いる……書き下ろし

伯爵は服従を強いる……【キャラ文庫】

2006年10月31日　初刷

著者　愁堂れな
発行者　市川英子
発行所　株式会社徳間書店
〒105-8055　東京都港区芝大門2-2-1
電話03-5403-4324（販売管理部）
03-5403-4348（編集部）
振替00140-0-44392

印刷・製本　図書印刷株式会社
カバー・口絵　近代美術株式会社
デザイン　間中幸子・海老原秀幸

ISBN4-19-900411-4

投稿小説★大募集

『楽しい』『感動的な』『心に残る』『新しい』小説——
みなさんが本当に読みたいと思っているのは、どんな物語ですか？　みずみずしい感覚の小説をお待ちしています！

•応募きまり•

[応募資格]
商業誌に未発表のオリジナル作品であれば、制限はありません。他社でデビューしている方でもOKです。

[枚数／書式]
20字×20行で50～100枚程度。手書きは不可です。原稿は全て縦書きにして下さい。また、800字前後の粗筋紹介をつけて下さい。

[注意]
①原稿はクリップなどで右上を綴じ、各ページに通し番号を入れて下さい。また、次の事柄を１枚目に明記して下さい。
(作品タイトル、総枚数、投稿日、ペンネーム、本名、住所、電話番号、職業・学校名、年齢、投稿・受賞歴)
②原稿は返却しませんので、必要な方はコピーをとって下さい。
③締め切りは特別に定めません。採用の方にのみ、原稿到着から３ヶ月以内に編集部から連絡させていただきます。また、有望な方には編集部からの講評をお送りします。
④選考についての電話でのお問い合わせは受け付けできませんので、ご遠慮下さい。
⑤ご記入いただいた個人情報は、当企画の目的以外での利用はいたしません。

[あて先]　〒105-8055 東京都港区芝大門2-2-1
徳間書店 Chara編集部 投稿小説係

投稿イラスト★大募集

キャラ文庫を読んで、イメージが浮かんだシーンをイラストにしてお送り下さい。キャラ文庫、『Chara』『Chara Selection』『小説Chara』などで活躍してみませんか？

•応募きまり•

[応募資格]

応募資格はいっさい問いません。マンガ家&イラストレーターとしてデビューしている方でもOKです。

[枚数／内容]

①イラストの対象となる小説は『キャラ文庫』か『Chara、Chara Selection、小説Charaにこれまで掲載された小説』に限ります。
②カラーイラスト１点、モノクロイラスト３点の合計４点。カラーは作品全体のイメージを。モノクロは背景やキャラクターの動きの分かるシーンを選ぶこと（裏にそのシーンのページ数を明記）。
③用紙サイズはA４以内。使用画材は自由。

[注意]

①カラーイラストの裏に、次の内容を明記して下さい。
（小説タイトル、投稿日、ペンネーム、本名、住所、電話番号、職業・学校名、年齢、投稿・受賞歴、返却の要・不要）
②原稿返却希望の方は、切手を貼った返却用封筒を同封して下さい。封筒のない原稿は編集部で処分します。返却は応募から１ヶ月前後。
③締め切りは特別に定めません。採用の方にのみ、編集部から連絡させていただきます。また、有望な方には編集部から講評をお送りします。選考結果の電話でのお問い合わせはご遠慮下さい。
④ご記入いただいた個人情報は、当企画の目的以外での利用はいたしません。

[あて先]

〒105-8055 東京都港区芝大門2-2-1
徳間書店 Chara編集部 投稿イラスト係